UM PREGO NO ESPELHO

TÉRCIA MONTENEGRO

Um prego no espelho

COMPANHIA DAS LETRAS

Grafia atualizada segundo o Acordo Ortográfico da Língua Portuguesa de 1990, que entrou em vigor no Brasil em 2009.

Capa
Tereza Bettinardi

Imagem de capa
Kier in Sight Archives/ Unsplash

Preparação
Ana Maria Alvares

Revisão
Adriana Bairrada
Camila Saraiva

Os personagens e as situações desta obra são reais apenas no universo da ficção; não se referem a pessoas e fatos concretos, e não emitem opinião sobre eles.

Dados Internacionais de Catalogação na Publicação (CIP)
(Câmara Brasileira do Livro, SP, Brasil)

Montenegro, Tércia
    Um prego no espelho / Tércia Montenegro. — 1ª ed. — São Paulo : Companhia das Letras, 2024.

    ISBN 978-85-359-3693-3

    1. Ficção brasileira I. Título.

23-186700   CDD-B869.3

Índice para catálogo sistemático:
1. Ficção : Literatura brasileira B869.3
Cibele Maria Dias – Bibliotecária – CRB-8/9427

Todos os direitos desta edição reservados à
EDITORA SCHWARCZ S.A.
Rua Bandeira Paulista, 702, cj. 32
04532-002 — São Paulo — SP
Telefone: (11) 3707-3500
www.companhiadasletras.com.br
www.blogdacompanhia.com.br
facebook.com/companhiadasletras
instagram.com/companhiadasletras
twitter.com/cialetras

[...] *um morre, o outro rejuvenesce. Rejuvenesce e ocupa o lugar do morto e respira e come e goza por dois. Porção dupla de tudo. Sobreviventes, usurpadores. Que diferença faz?*

Alan Pauls, *O passado*

1.

Durante muito tempo, Thalia pensou que o fato de nascer em uma família ou outra era um mero acidente circunstancial, não um aspecto decisivo que reverberava em cada mínimo detalhe de uma vida. Com o início da carreira no teatro, ela passou a conhecer cada vez mais pessoas — e diferentemente do que aconteceu no período escolar, os amigos se diversificaram, vindos de várias partes da cidade, com experiências diversas. Quase ninguém mencionava os pais, irmãos ou avós; as poucas ocasiões em que Thalia conheceu os parentes de um colega foram sempre momentos furtivos, quando, por exemplo, ia à casa de um deles para estudar um texto ou levar uma encomenda qualquer. As saudações eram feitas em voz baixa, a pessoa da família em geral desaparecia minutos depois, e não era mais mencionada.

Havia as noites de estreia, claro, e nelas surgiam muitos rostos levemente familiares, para os cumprimentos. Thalia reconhecia em uns e outros as feições dos amigos, sorria para esses rostos como estranhas variações de uma fisionomia, descobria espantada que a aparência única de alguém era na verdade um exemplar previsível dentro de uma série: quando via uma amiga ao lado das irmãs, da mãe, das tias, às vezes não conseguia conter um sorriso. Era estranho que fossem tão parecidas, que os olhos se repetissem, o formato da boca, até os gestos ou o timbre da voz. Por um instante, Thalia achava que não fossem exatamente pessoas, e sim reflexos num tipo de projeção teatral — mas logo se via tocando aquela gente, abraçando, reparando nas pequenas diferenças de estatura, marcas de idade, roupas que as distinguiam.

Imaginava que essa impressão fosse gerada também por ela quando Salete se aproximava. Ouvia os colegas comentando que a irmã "parecia sua gêmea", embora claramente fosse mais nova (dois ou três anos?), porque era menor, tinha estrutura miúda e um jeito tão delicado, parecia a versão sutil de Thalia. Na verdade, Salete era mais velha, mas Thalia deixou de esclarecer isso quando completou vinte anos e a irmã, aos vinte e seis, continuou com seu ar de adolescente. O cristal e a rocha, como dizia a mãe — e Thalia nunca esteve bem certa do seu próprio sentimento em relação àquela imagem. Devia se orgulhar de ser uma rocha, vigorosa, alta, alguém com uma saúde que explodia no palco. Mas ao mesmo tempo havia elogio na fragilidade do cristal, em sua beleza que inspirava cuidados. Salete era contemplada em silêncio, e Thalia recebia aplausos escandalosos, assobios. Talvez essa fosse a principal diferença entre as duas, o nível de ruído que provocavam.

Quando criança, Thalia brigava aos gritos, coisa que Salete jamais fez: limitava-se a chorar com desgosto, as bochechas subitamente caindo, como as do pai quando se entristecia. Iago usava essa expressão em resposta a qualquer tema que o chateasse ou até enfurecesse. Por muitas e muitas vezes, as meninas viram a mãe berrar com o marido, gesticulando desordenadamente enquanto o perseguia pela casa. Iago escapulia de um cômodo a outro, e se enfim era forçado a encarar a esposa, que o agarrava pelos ombros para que ele parasse em frente a ela, apenas deixava cair as bochechas, triste. Não dizia nada.

Essas cenas duraram até os quinze anos de Salete e os nove de Thalia, quando os dois se separaram. Iago e Diana deixaram de ser um casal, e esse fato poderia instalar a paz entre aquelas paredes, mas foi justamente o contrário. Houve inúmeras confusões ao telefone, ameaças de processo judicial, tentativas de feitiço e crises de choro. Bem mais tarde Thalia descobriria que a possibilidade de viver outras vidas e de compensar de algum modo o que aconteceu com seu irmão era o real motivo para ter escolhido ser atriz — e não o ambiente turbulento em que cresceu. Teve o primeiro indício na noite em que viu uma imagem que parecia ser o irmão contracenando de surpresa com ela no palco.

Thalia ficou tão aturdida que gaguejou de modo vergonhoso em cena e, assim que a peça terminou, não entrou sequer no camarim para mudar de roupa; esgueirou-se pela coxia e saiu às pressas, dispensando a costumeira confraternização após o espetáculo. Pois como poderia se reunir com o elenco num bar, repassar seu humilhante desempenho, desculpar-se ou ouvir consolos, conselhos? Naquela noite, a ideia de explicar o que tinha acontecido a apavorava mais do que a hipótese de largar tudo, se fosse o caso.

Pegou um táxi e foi para casa, porque sabia que àquela hora a mãe não estava, encontraria apenas Salete e poderia contar à irmã o que achou que tivesse acontecido enquanto vivia Lara, de Boris Pasternak — a forma como parou no meio de uma frase, virando estátua num momento que exigia o oposto. Lara devia se agarrar a Iúri na hora do reencontro, mas então, bem atrás do colega no papel do médico russo, ela viu o rosto, um misto da sua própria fisionomia com a da irmã. É claro que tudo podia ser produto de certo ilusionismo, sombras e luzes em determinado canto da cortina — mas, embora parecesse loucura, ela acreditou que ali estava o seu irmão, Fabrício.

Quando entrou em casa, no entanto, viu Salete muito fraca, apoiando-se numa cadeira, um fio de sangue descendo por baixo do vestido até o pé esquerdo. Embora ela garantisse, com voz calma e baixa, que estava tudo bem e não havia por que se preocupar, ia só até o banheiro e já voltava, Thalia pegou o telefone e chamou de imediato outro táxi. Um pouco depois de entrarem no veículo, o fluxo de Salete aumentou, e sua irmã — ainda vestida com o figurino invernal de Lara — pôs-se a gritar para que o motorista se apressasse, e gritou o resto do caminho até o hospital, sem notar que imitava inclusive os gestos que a mãe sempre fazia, ao gritar.

O gosto pelo escândalo parecia vir de um ancestral francês, conforme uma história muitas vezes contada. A bisavó Geneviève tinha nascido em Grambois, no sul da França, mas mudou-se para outra cidadezinha minúscula, mais ao norte, quando casou com o ferreiro Louis Gavin. Tiveram treze filhos, e um dos mais jovens, que viria a ser o avô de Diana, saiu da terra natal aos catorze anos para circular pela Europa como caixeiro-viajante. Quando já passava dos trinta, Xavier Gavin conheceu uma jovem brasileira, uma beldade paulistana financiada pela família rica, que não se incomodava em desperdiçar seu dinheiro com cursos de arte em Paris para a mocinha linda, porém pouco talentosa.

Noêmia, em vez de se esforçar entre pincéis e quadros, decidiu viver uma aventura com um *beau clochard*, que foi como no início chamou Xavier, embora houvesse nisso certo exagero; ele não era nenhum mendigo, apesar de seu cheiro provavelmente lembrar um. Sem dúvida, porém, bastante bonito, como a história assegura, e repleto de arroubos efusivos, possuía uma lábia adquirida no comércio de rua. Acostumada a perfumes e essências delicadas, Noêmia deve ter acreditado que Xavier representava a masculinidade, um território brutal que ela, aos dezenove anos, jamais tinha conhecido — sem falar no fato de que nunca tinha visto um homem com voz tão potente, um verdadeiro uivo exercitado nos pregões, que Xavier gostava de exibir também sob a forma de cantorias, espetáculos espontâneos em situação andarilha.

Os dois mergulharam naquele relacionamento estranhíssimo, composto de experiências tão opostas que se tornaram mutuamente fascinantes: a timidez da mocinha e o ímpeto do caixeiro. Levaram meses vadiando pelos vilarejos do Piemonte, financiados pelos pais de Noêmia, que até então de nada sabiam. Casaram-se de modo impulsivo nos últimos dias de 1914, em Grenoble, onde estavam de passagem. Foi de lá que Noêmia mandou uma carta, explicando que desistira dos estudos e devia voltar em breve, com um marido francês ao seu lado.

Xavier ocasionalmente citava provérbios em provençal, que sua já falecida mãe lhe ensinara — e foi assim que, na véspera do Ano-Novo, disse as frases que Noêmia nunca esqueceu: "A l'an que ven! Si siam pas maï, que siam pas men!". O provérbio se mostrou terrivelmente irônico. "Se não somos mais, que não sejamos menos" foi tudo o que deixou de acontecer a partir daquele 1º de janeiro, às 5h40, quando Xavier, ainda bêbado da festa, desprendeu-se do braço da sua recém-esposa, que cambaleava um pouco na calçada. Largou-a de um jeito tão súbito que ela quase se desequilibrou e mal teve tempo de ver como ele corria, corria de costas de um modo insano, gritando coisas alegres que ela não conseguiu distinguir, porque imediatamente um cavalo se impôs à frente, um cavalo com um coche criando manchas escuras sobre a rua matutina, um borrão grosseiro na estrada.

Noêmia estremeceu; recordou o dia em que na aula de pintura derramou tinta marrom sobre o papel e o professor gritou com ela, gritou como se estivesse diante de uma menina estúpida. Agora os gritos voltavam, e eram de outras pessoas, variados. Gritos de pessoas se precipitando em torno de Xavier deitado no chão, em torno do cavalo que o atropelara e lentamente voltava às formas equinas, deixava de ser uma mancha absurda. Tudo naquele novo ano virou *menos*, com Xavier morto — mas ao mesmo tempo também se tornou *mais*, com a gravidez de Noêmia, confirmada semanas depois.

Quando ela teve certeza do bebê que chegaria, foi invadida por uma crise histérica que retomou o episódio do atropelamento, como se de algum modo o anúncio da criança tivesse sido soprado a Xavier por um anjo maldoso, e por essa razão ele corresse eufórico, de costas para a rua, gesticulando descuidado e dizendo coisas em provençal, um segundo antes de cair empurrado, engolido por uma mancha na paisagem.

Noêmia retornou ao Brasil, com a iminência da guerra se alastrando num ano que só não foi de todo insuportável porque nasceu Alfredo, batizado com o nome do avô. O próspero industrial do ramo têxtil não ficara especialmente satisfeito com o neto-surpresa; apesar de a filha ter voltado com uma certidão de casamento e um título de viúva, considerava o garoto produto de uma "atitude doidivanas". De qualquer modo, foi ao cartório registrar a criança, e assim o brasileiro Alfredo Medeiros Gavir entrou para as folhas burocráticas, o sobrenome francês alterado por um erro do escrivão. Mais um erro, pensou Noêmia, quando viu o papel com o nome do filho e se pôs a chorar, a troca do *n* para o *r* transformada numa espécie de sinal trágico.

Noêmia se rebelou como pôde, ou seja, passou a vida inteira contando ao menino a história do pai e sua origem, os Gavin de La Salette-Fallavaux. Alfredo não parecia dar muita importância àquilo, mas, quando Diana nasceu, Noêmia passou a repetir para a neta todos os detalhes, e ela, sim, interessou-se, pode-se dizer até que vibrou ao saber que na verdade era Gavin e não Gavir. Diana jurou para a avó que daria à primeira filha o nome de Salete em homenagem a isso.

2.

Do lado de Iago, não existiam avós — pelo menos não na consciência de suas filhas, que, até onde se lembravam, tinham conhecido apenas as tias, e mesmo assim superficialmente, em visitas curtas, apesar de viverem próximos de Recife e, mais ainda, de Canindé. Uma foto pouco nítida mostrava Salete nos braços de um casal de velhos; na margem, escrita com caneta azul, a data referente ao ano em que ambos morreram num acidente com um Boeing 707. Salete tinha então apenas dois anos, e embora na época Thalia ainda não fosse nascida, foi ela quem disse, aos oito anos, quando viu no jornal uma notícia sobre ETs e o suposto rapto de um garoto no sul do país: "E se um óvni tiver se chocado contra o avião da vovó e do vovô?".

Nem o pai nem a mãe reagiram na medida do que parecia justo. Uma sobrancelha erguida e um trejeito no lábio indicavam que demoraram um pouco para entender o raciocínio, mas, mesmo depois de terem entendido, continuaram com os afazeres normais do café da manhã, passando manteiga no pão, servindo o leite nas xícaras, separando do pacote os biscoitos com

14

bichinhos desenhados, biscoitos delineados com um fino traço vermelho de corante, que Thalia adorava, mas naquele instante desprezou por completo. "Os ETS podem ter pegado eles!", ela insistiu, elevando a voz e batendo a mãozinha na mesa, ao que Diana imediatamente reagiu: "Ei!". Salete também não participou da sua vibrante descoberta; deu um sorriso murcho horas mais tarde, quando a irmã lhe mostrou a página de um jornal que tinha acabado de criar, com um texto escrito em poucas letras enormes e ilustrado por um desenho onde o avô e a avó eram sugados do avião pelo facho triangular que partia de uma nave sideral.

Alguns dias depois Salete mostrou o jornal caseiro aos pais, e Iago adotou o tom com que sempre se dirigia às filhas, quase como se esperasse que de uma mínima conversa fosse surgir uma gritaria incontrolável, protestos, fugas em desespero. Com Thalia, esse tipo de reação se passava nos momentos de tomar remédio ou quando Diana lhe comunicava que não iriam a determinado passeio ou que precisava desligar a tevê. Salete nunca reagia desse modo, mas também com ela Iago usava um tom baixo, quase hipnótico. Era como se não confiasse no humor das filhas; olhava-as com prevenção, aguardando o momento em que um destempero fosse aparecer, não importava o motivo. Sua estratégia acabava por instilar uma espécie de calma nas meninas, que escutavam atentas aquele homem de voz sumida, no fundo acreditando que ficavam serenas, quando na verdade uma grande tristeza as acometia, um desamparo infinito ao olhar e ouvir o pai falando como um pregador desiludido, alguém que continua a desfiar sermões por dever de ofício mas sem nenhuma esperança.

Foi exatamente sem um pingo de convicção que Iago argumentou com Thalia: havia um problema com as datas e com os episódios, o menino tinha sido abduzido muito após a morte dos avós dela. "Mas ainda assim", insistiu Thalia, "os ETs já podiam estar pelo céu, eles podem nunca ter saído de lá!", disse, e percebeu naquele instante que Diana os espiava atrás da porta, ouvia a conversa analisando sua eficiência. Caso Iago fracassasse, ela sem dúvida entraria no quarto com outro tipo de abordagem: "Agora chega! Não quero mais esse assunto aqui em casa!".

O pai balançava a cabeça em negativas desoladas, e Thalia sentiu o efeito de um profundo cansaço, um desânimo insuflado pela negação, o pêndulo insistente da cabeça indo e vindo por um minuto ou dois. Não falou mais nada; voltou a brincar com seus bonecos de fazendinha e ignorou o pai até que ele percebeu o silêncio e se levantou para sair do quarto. Na porta, então, Thalia escutou a voz da mãe, baixa mas nítida, dizendo (certamente a Iago) que toda criança passa pela mania dos dinossauros ou dos alienígenas, às vezes dos dois, e houve um riso após esse complemento, um *rá!* agudo e inesperado, como o som de um pássaro de garganta monstruosa. Thalia pensou imediatamente num bicho escamoso que andaria pelo planeta primitivo fazendo *rá! rá! rá!* — e lhe veio uma raiva absurda, um sentimento de fogo que lhe subia do estômago para acender sua face.

"Como assim, todos os seus coleguinhas de escola querem esse brinquedo e você não gosta?", Diana algumas vezes perguntou, e na época Thalia não percebeu o quanto era necessário para a mãe que ela fosse como qualquer criança, *normal*, obediente aos padrões que os pediatras ou psicólogos antecipavam para cada faixa etária. Ao mesmo tempo, se o interesse não passasse após um período mais ou menos sensato, podia indicar uma fixação, um sintoma obsessivo — e por isso Diana controlava as doses de paixão temática das filhas.

No caso dos dinossauros, Thalia ganhou revistas infantis, exemplares que vinham com brindes de criaturas plásticas em miniatura, o tiranossauro rex, o velocirraptor e o diplódoco.

Quanto aos alienígenas, além de considerar o filme do Spielberg "o melhor do mundo", chegando a repetir sessões no cinema, Iago havia assinado um periódico de ufologia, material raramente ilustrado e cheio de textos maçantes que Thalia não se animava a ler — mas assim mesmo o pai recitou para ela trechos a respeito de estrelas ou galáxias distantes, buracos negros e dimensões paralelas. Havia também a seção das cartas dos leitores, a mais divertida, que arrancava gargalhadas de Thalia enquanto o pai lia descrições de ETs e naves que alguém tinha encontrado, ou, melhor ainda, projetos de armadilhas para capturar homenzinhos verdes e pedidos de ajuda financeira para a construção de um radar que registraria cada nave suspeita cruzando o céu num raio de dez mil quilômetros.

Ao longo de várias tardes de domingo, pai e filha dividiram uma rede na varanda, dedicando-se a inventar respostas às cartas ("Caro sr. Cremasco, venho com prazer informar que nossa empresa terá satisfação em financiá-lo..." ou "Gostaria, sr. Pereira, que desse mais detalhes a respeito do seu avistamento, ocorrido em junho passado, de supostos marcianos na BR-116..."). Às vezes elaboravam cartas novas, com mensagens fraudulentas de contatos de quinto grau e as consequências exóticas que trouxeram ("Desde então, só consigo me alimentar com sorvetes de menta", "Nasceram bolinhas vermelhas em todo o meu corpo, e isso acarreta grandes dificuldades na hora de escolher uma roupa"), porém Iago nunca aceitou enviá-las pelo correio, por mais que Thalia implorasse.

Levou-a para uma viagem propícia ao encontro de ETs, em compensação. O passeio à Área Q, em Quixadá, era um sonho para inúmeros ufólogos, comentou Iago. Ele e a filha permaneceram longos minutos em cima daquela pedra imensa, mais perto das nuvens do que jamais Thalia havia ficado — e atentaram para os ruídos mínimos de insetos, aves, à espreita de qualquer pista de um óvni. Iago pensava no que faria a partir daquele dia; já levava consigo a ideia de se divorciar e talvez tenha inclusive decidido ali, enquanto esperava a abdução que nunca veio: se os homenzinhos quisessem transportá-lo junto com Thalia, bem; senão, ele próprio daria um jeito de sumir.

Na sua disponibilidade às forças invisíveis, praticamente invocando uma forma de fuga que o livrasse em definitivo dos problemas, Iago lembrou que Salete ficara com Diana, nenhuma das duas se animara a pegar a estrada para Quixadá — ou melhor, Diana não se animou, e Salete se viu na obrigação de lhe fazer companhia. Mesmo que esse trato não fosse explícito, era assim que funcionava: sua primeira filha endossava as decisões maternas, e o passeio a Quixadá, já sabiam, levaria a uma esticada até Canindé, onde moravam Jacinta e Jamile, duas das irmãs de Iago.

Thalia recorda pouco dessa visita às tias. Quando entrou na casa, Jacinta lhe fez alguma festa, mas Jamile sequer deu por sua presença. As duas eram muito parecidas com Iago, exceto pelo cabelo loiro e encaracolado de Jamile, que destoava da característica predominante de toda a família. Mesmo os avós, no retrato tirado pouco antes de desaparecerem, tinham o cabelo preto e liso, e Salete igualmente, no colo, *parecia uma indiazinha*, como Diana gostava de repetir. Thalia lembrou-se de uma fotografia em que era um bebê no berço, ostentando uma penugem aloirada que, com o tempo, foi ficando quase ruiva no envelhecimento do papel fotográfico — ao passo que na vida real, como lhe disseram, aquele cabelo todo caiu quando ela tinha cerca de seis meses, e a partir daí cresceu bem preto, como se esperava.

As divagações sobre o cabelo e a sensação de uma quentura fulminante foram as únicas coisas que lhe ocorreram em Canindé, até onde recorda. Depois de muitos anos, quando voltou para visitar o pai, hospedado com Jacinta nos hiatos de suas viagens prolongadas, não encontrou mais Jamile. Em algum momento lhe disseram que tinha casado com um português e se mudara para o Porto. Thalia imaginou a tia que nunca mais tornaria a ver passeando pela Vila Nova de Gaia, calçada com botas chiques, usando um cachecol lilás com a cabeleira solta por cima.

Entretanto, anos antes de compor o retrato mental, Thalia voltou do passeio com o pai levando na cabeça apenas o entusiasmo pelos ETs. Sabe que isso aconteceu em abril de 1985, porque um fato histórico — o primeiro de que se lembra efetivamente — foi transmitido pela televisão, um ou dois dias após retornarem. A morte de Tancredo Neves arrancava suspiros de Diana enquanto os telejornais reprisavam imagens daquele que era a esperança democrática, conforme Thalia ouvia: um homem careca que ela queria considerar simpático, mas na verdade era um simples homem desconhecido que punha sua mãe a lamentar, porque agora, com ele morto, não havia mais jeito para o país e sabe-se Deus o que aconteceria.

A televisão não solucionava os mistérios em torno da morte do quase presidente; versões instáveis se multiplicavam, o que fazia as pessoas especularem. Thalia percebeu a extensão do fenômeno numa reunião ocorrida em sua casa. Vieram os colegas de trabalho de Iago, quatro ou cinco sujeitos atléticos que se instalaram certa noite em cadeiras e poltronas na sala, auxiliados por montes de cerveja para debater, com aparente seriedade, uma possível conspiração em torno da morte de Tancredo. Thalia passou para a cozinha furtivamente e de lá se pôs a escutar: os Estados Unidos estavam envolvidos com certeza, aquele era um evidente golpe, não deixaram o homem assumir, e se o tal Sarney daria conta ninguém podia garantir, era um absurdo que se matasse um homem assim à vista de todos e não houvesse punidos.

Thalia sabia que esse último comentário remetia a uma cena, muitas e muitas vezes repassada dentro da hipótese de um crime, e a cena era a que mostrava Tancredo num palanque diante de uma multidão; ele oscila como se sofresse um empurrão invisível, como alguém que se mexe ao ser atingido por um tomate, digamos, algo que não o agride a ponto de derrubá-lo, mas mesmo assim impacta, desequilibra pelo susto. Só não havia nada que justificasse o movimento, nenhum tomate, ovo ou empurrão — o que levava à ideia de um *atentado*, um atirador esperando num prédio em frente ao palanque, fazendo mira para no instante perfeito atingir Tancredo com um dardo, uma agulha mínima, uma injeção secreta que inoculasse no futuro presidente a doença calculada para matá-lo.

Aquela era a hipótese mais fervorosamente defendida pelo grupo na sala, e da cozinha Thalia ouviu a mãe, a única voz feminina, concordando. Então lhe ocorreu o impulso de também apresentar uma proposta, opinar como todos ali faziam — um impulso infeliz, porque ela esquecia que era uma garota de oito anos diante de uma turma de marmanjos, todos professores de boxe, natação ou jiu-jítsu. "Acho que isso tudo é obra de extraterrestres", ela disse, saindo do esconderijo, e sem dúvida a próxima edição da revista de ufologia traria esclarecimentos a respeito, o seu pai assinava o periódico, podia emprestar a quem quisesse.

Nesse momento, os risos explodiram. Os colegas do pai alcançaram o êxtase ao descobrir sobre a revista. Entre guinchos rascantes e risos de trovão, os homens se dobravam na cadeira, dando palmadinhas nas costas de Iago e dizendo coisas do tipo: "Escondendo o jogo, né? Então você veio do espaço?". O acesso durou bons minutos, enquanto Diana olhava o próprio copo de cerveja e suspirava, enraivecida. Iago não parecia se chatear com nada, sorria com jeito de quem foi pego em flagrante, as mãos erguidas como se fosse levar uma bandeja para algum canto.

Horas depois, quando Thalia estava dormindo e os convidados tinham ido embora, o casal iria *conversar seriamente* — ou melhor, Diana falaria sobre aquela fixação que precisava de um limite. Estavam na cozinha, guardando os cascos de cerveja e limpando os pratos em que serviram queijo e salgadinhos, e de repente Salete entrou, insone, às duas da madrugada. Por um instante deve ter arrepiado os pais de medo, ao chegar tão silenciosa, descalça, usando uma camisola branca de cambraia. Disse que vinha tomar um copo d'água, mas ao mesmo tempo não pôde deixar de escutar o que a mãe dizia. Detestaria a ideia de se colocar contra a irmã, mas talvez houvesse algo sério ali, falou, e saiu em direção ao quarto para voltar num minuto, trazendo a folha onde se lia *Acidente aéreo ou rapto?*, em grafia arredondada.

Abaixo do título, o desenho com os avós viajando no tal facho de luz, seguido por um texto de seis linhas: "Inácio Andrade e sua esposa Cecília morreram num acidente da Varig em 1973, ou pelo menos é o que parece. Mas na verdade sabemos que o acidente foi a maneira encontrada pelos ETs para levarem meus avós a outro planeta, onde vivem até o dia em que vão voltar". Diana estendeu o jornal para Iago e disse, pausando as palavras como se mastigasse uma espécie de rancor: "Você tem que falar com ela!".

Na tarde seguinte, portanto, Thalia teve diante de si o pai com a velha feição conciliatória dos assuntos sérios. Depois iria se dar conta de que foi a última conversa que tiveram antes que ele decidisse *sair de casa*, o que era de fato uma expressão mais conveniente do que *se separar* — pois, na sequência de um episódio em que Iago e Diana se trancaram para discutir, o que houve foi um grande escândalo, uma série de gritos acusatórios e portas batendo, vasos se espatifando, uma confusão tamanha que ninguém acreditaria que ali uma única mulher se agitava, deviam ser pelo menos três ou quatro em fúria frenética, o que levou o homem, pivô de tudo aquilo, a sair o mais rápido possível, quase correndo, até que os ânimos se acalmassem.

Quando ele retornou, não foi para uma segunda tentativa em prol do casamento, que definitivamente acabara: voltou apenas para pegar alguns livros e roupas, e fez isso numa quinta-feira, dia em que Diana aproveitava para ir ao supermercado depois de levar as filhas ao colégio. Na pressa de não se deparar com a mulher enquanto jogava objetos em sacolas e malas, Iago desarrumou gavetas, deixou cabides largados pelo chão, remexeu em fileiras de livros, que caíram uns por cima dos outros, num efeito dominó causado pelo vazio dos exemplares retirados da estante. Mas o principal, que fez Diana desabar no choro quando entrou no quarto horas mais tarde, foi o esbarrão no abajur, algo que Iago sequer percebeu, pois acontecera quando ele ajeitou sobre um ombro a mochila, já repleta de roupas emboladas.

Entretanto, ali estava o resultado: um abajur caído sobre a cama, nada quebrado, tampouco arranhado, mas ainda assim o ponto alto de uma cena caótica, o extremo do desleixo e desprezo de um ex-marido por sua família. As meninas presenciaram aquela *devastação*, como Diana nomeou, pois também entraram no quarto, naquele momento parecendo o cenário de um roubo.

Iago se transformava num ladrão fugitivo — e se na época Thalia achou que formular a comparação fosse um exagero cruel, depois que o pai gastou os anos seguintes sem pisar na cidade, comunicando-se com as filhas apenas através de cartas que elas não tinham como responder, porque o endereço nunca era fixo, sua percepção enfim mudou. Acabou concordando com Diana ao ouvi-la dizer que Iago era, sim, um irresponsável que ganhava o mundo em vez de se ocupar com as filhas, um egoísta a quem pouco importavam os sacrifícios das mulheres — afinal não estavam ali três mulheres presas em casa enquanto o homem podia andar por onde quisesse? "Eis a história da humanidade, meninas", Diana resumia, com ódio.

Em 1987 uma correspondência, com data de postagem de novembro mas que chegou na véspera do Natal, trouxe para Thalia um recorte de jornal que, a princípio, a deixou confusa por ser escrito em espanhol (e, aos onze anos, era a primeira vez que ela descobria aquela língua estranhamente próxima do português, mas, ainda assim, outra língua). Após alguns minutos tentando se concentrar, compreendeu a notícia a respeito de quatro crianças, Maria, Emma, Jorge e Carlos Molero, abduzidas por extraterrestres. Durante o passeio que fizeram dentro do óvni, na companhia de um ET de aspecto amistoso e reluzente, os irmãos argentinos foram submetidos a exames clínicos. Conforme disseram, cada um teve a bochecha raspada com uma espátula e depois picada por uma agulha, sem que isso causasse dor. O sequestro, que durou cerca de três dias, chegou ao fim quando os meninos foram devolvidos ao planeta e aos pais, Carmem e Emilio Molero, que se recusavam a dar entrevistas.

A leitura do artigo pôs Thalia numa emoção inclassificável, espécie de saudade daquele tempo com Iago e a revista de ufologia, misturada com rancor. Sim, era bem aquilo — uma ofensa que sentia pela suposição de que ainda fosse considerada uma garota que se interessava por temas alienígenas. Afinal, já estava na fase de histórias de suspense, A lenda do cavaleiro sem cabeça e até mesmo Jack, o estripador, sem falar no fascínio pelas histórias de Sherlock Holmes e Agatha Christie. Passava tantas horas mergulhada nas séries de livros (sempre dois ou três a cada semana, retirados na biblioteca da escola), que começava a projetar um futuro como detetive profissional, investigadora de polícia ou algo do gênero.

Naturalmente, eram planos secretos, e ela não comentava sobre a profundidade de suas paixões com Salete ou com a mãe;

limitava-se a responder "Eu gosto", com um jeito até meio displicente, quando a mãe vinha abordá-la com uma voz que oscilava entre simpatia e preocupação: "Mas por que você lê tanto esses livros, minha filha?". Chegou inclusive a mentir, fingindo que o seu interesse por histórias não era tão grande: como os livros pertenciam a duas coleções de capa padronizada, sem muitas variações de um título para o outro, fazia de conta que os volumes eram os mesmos de uma semana a outra, como se apenas renovasse o empréstimo na biblioteca, sem tirar tantos livros ou ler compulsivamente — sem desenvolver uma obsessão, como Diana temia.

Naquele momento, a angústia de Thalia era saber como descobriria novos autores da linha de mistério quando terminassem os Holmes e as Christies da biblioteca. Se Iago estivesse por perto, com certeza poderia ajudá-la com alguma indicação ou pesquisa, mas pensar na hipótese fez com que ela se enfurecesse ainda mais. Anexo ao artigo do jornal argentino, havia um bilhete do pai, curtas frases informando sua pretensão de voltar ao Brasil. "Ainda não sei em que cidade vou morar", ele dizia, "mas com certeza poderemos nos ver." Ela quase amassou o papel, com uma lágrima de ódio. Estendeu a correspondência para a irmã, porque afinal o pai também se dirigia a ela. *Ele está por fora*, ouviu-se comentando, e reparou no rosto de Diana, que sempre vinha para perto das filhas na hora em que elas abriam as tais cartas.

3.

A Companhia Palavra Cênica, originalmente nascida a partir do interesse de alguns alunos do curso de letras em adaptar romances para o teatro, já completava o seu quinto ano de atividade, e, nesse período, os integrantes foram largando a universidade, quase todos por desistência, sobretudo ao final do segundo ano do grupo, quando as montagens de O Leopardo e A confissão de Lúcio renderam prêmios em festivais pelo país. De repente pareceu possível viver de teatro, ganhar o sustento exclusivamente da paixão pela arte e passar todas as horas de todos os dias em assuntos de dramaturgia, interpretação, figurino, cada um dos múltiplos aspectos de um espetáculo.

Lioná e Douglas empolgaram-se com a ideia, nunca mais pondo os pés no campus da Federal do Ceará. Sabino e Révia não tomaram uma decisão repentina, mas foram ambos desligando-se da perspectiva de seguir na burocracia acadêmica, que os levava a contar créditos de disciplinas e obedecer a um mínimo de presença em sala de aula, sem falar no fato de que a maioria dos professores era simplesmente *escabrosa*, de acordo com Révia:

uns caras monótonos, que não se esforçavam para empolgar os estudantes e faltavam o quanto queriam, embora cobrassem comparecimento e leitura dos textos com rigor quando decidiam dar aula. As professoras eram um pouco melhores, pelo menos mais assíduas, mas dificilmente se percebia, nelas também, uma vitalidade que compensasse a permanência dos alunos por horas a fio em carteiras duras, amontoados em salas onde o ventilador fazia um barulho constante e às vezes, só às vezes, conseguia abafar o ruído do trânsito na avenida próxima.

Thalia e Valério — que viria a se tornar o principal dramaturgo do grupo e também seu diretor — foram os únicos a se graduar. Valério dizia que era "uma questão de honra" ir até o fim, e continuava incentivando Sabino e Révia a recuperarem suas matrículas. Thalia não se sentia tão honrada com a formatura; somente persistira no curso para ter uma espécie de plano B, que o diploma lhe dava. Então, enquanto Douglas e Lioná alegremente se liberavam dos compromissos de estudo oficial, mergulhando nas técnicas de teatro e fazendo vários cursos de aperfeiçoamento, viajando inclusive para uma oficina ou outra, enquanto Sabino e Révia não faziam nenhum tipo de esforço fora dos períodos de preparação das peças, parecendo jovens festeiros que apenas "davam um tempo" na universidade, Thalia continuou com a licenciatura.

Aos trancos e barrancos, equilibrava sua rotina de estudo e ensaio, habituando-se a ler livros pela metade para, nas provas, simular um conhecimento feito por palavras-chave. Em várias ocasiões usou de expedientes secretos quando o nome de teóricos e suas obras, ou ainda as datas em que foram publicadas, pareciam incertos na hora dos exames. Sem remorso, Thalia pedia ao professor para ir ao banheiro e, lá, trancada numa das cabines, retirava do bolso um papelzinho com as informações que não tinha fixado, porque na verdade *não valia a pena* fixar nada daquilo, o aprendizado não se media por decorebas e sim por raciocínios. Ela reservava sua memória para o teatro, porque aí de fato a estratégia era essa, decorar o texto, lembrar-se das falas como condição para atuar.

A persistência de Thalia mostrou-se útil principalmente por volta do quarto ano da companhia, quando veio a primeira grande crise, em todos os sentidos. Os problemas financeiros foram o pavio para inúmeros desentendimentos no grupo. Com o fracasso da montagem de *Urupês*, cuja bilheteria mal deu para cobrir o aluguel do teatro, acusações mútuas foram surgindo, ressentimentos antigos explodiram em brigas pelos camarins — até que, no final da temporada, Valério, apontado como o principal motivo do fracasso, por seu roteiro "erudito e inviável para os palcos", anunciou que estava caindo fora, podiam buscar outro dramaturgo. Sabino logo em seguida disse que também estava farto, a ideia de trabalhar sempre com adaptações de livros era aprisionante e ele queria liberdade. Os dois saíram sem se despedir, com diferença de poucos segundos, Sabino exagerando no rebolado, quase como se estivesse numa passarela e não no barzinho onde haviam se reunido após o último espetáculo. Os demais permaneceram na mesa, soltando um ou outro comentário desolado — e Thalia reparou que Valério e Sabino se reencontraram quase no fim do quarteirão e fumavam juntos, aparentemente conversando. Apareceram dois ou três conhecidos e se juntaram a eles, ficaram ali por um tempo. A cena, vista à distância, poderia talvez sugerir que riam e voltavam a se entender, mas então de repente Valério esmurrou Sabino, espatifou-lhe o nariz e o deixou largado na calçada. Thalia levantou-se de susto, fez desequilibrar uma das garrafas de cerveja, que Douglas, por puro reflexo, agarrou. Uma pequena multidão agora rodeava Sabino, ajudava-o a ficar de pé.

Thalia supôs que o grupo estava realmente desfeito e, como

já era novembro e ela terminava os estágios em prática de ensino, podia considerar-se graduada. Saiu espalhando currículos por escolas particulares em três bairros, e logo depois de uma semana queriam entrevistá-la para uma vaga. Ela foi contratada em regime de experiência para ensinar literatura à oitava série de um colégio católico, e depois de um semestre assinaram sua carteira de trabalho já incluindo as disciplinas de gramática e produção textual. Na mesma época, uma nova proposta lhe deu mais alunos, nas mesmas matérias, numa segunda escola. Thalia, aos vinte e três anos, firmou-se numa carreira cuja renda possibilitou que alugasse um apartamento, além de ter seu próprio carro. Levava uma vida puxada, mas com o tempo parecia desenvolver um tipo de teatro, afinal: decorava os assuntos e os explicava para os estudantes enquanto andava pela sala, parando em determinados momentos para lembrar um verso importante ou uma regra de concordância, e a sua dicção treinada, as pausas e os gestos experientes, até mesmo o tipo de roupa que usava para cada aula — vestidos floridos e esvoaçantes se ia tratar do romantismo, calça de brim com blusa cáqui para inspirar seriedade quando o assunto eram textos argumentativos —, tudo contribuía para o efeito que desejava.

Os alunos renderam-se completamente à sua didática. Um pedagogo chegou a comentar que nunca vira tanta capacidade de disciplinar meninos de catorze a dezessete anos: tinha passado em duas ou três ocasiões em frente às salas durante o horário em que Thalia ministrava suas matérias, e nunca ouvira ruído de conversas ou bagunça. Havia risos, muitas vezes, mas sempre conduzidos por uma anedota ou observação divertida feita pela própria professora.

No meio daquela rotina, Thalia ficou sabendo que seus antigos colegas de grupo enfrentavam dificuldades. Révia, em crise com os pais e irmãos, não conseguia sair de casa por problemas financeiros. Douglas tentara abrigá-la, mas o namorado dele, responsável por pagar uma quitinete escura perto da Beira-Mar, não aceitou *aquela caridade*, como disse num trejeito odioso, tão repulsivo que o próprio Douglas esteve a ponto de sair da quitinete e ficar, ele também, com a desgraçada opção de voltar para a casa de uma tia na Barra do Ceará, a única pessoa um pouco menos homofóbica em sua família. Acabou engolindo a insensibilidade do namorado, que lhe pareceu dos males o menor, mas Révia, em desespero num ambiente doméstico cada vez mais insuportável, tentou o suicídio com pílulas, o que lhe valeu uma curta internação numa clínica e, depois, a expulsão para a casa dos avós no interior, onde seria "vigiada de perto", conforme disse seu pai. Lioná, que dividia residência com outras três jovens e conseguia se sustentar trabalhando como atendente numa loja de cosméticos, planejou viajar até Flores, resgatar a colega e trazê-la para ser a quinta integrante daquela casa caindo aos pedaços, no centro, que mais parecia o galpão arruinado de um armazém (e de fato descobriram que essa era a verdade, no dia em que receberam uma correspondência destinada ao Depósito de Construção Viva o Lar), o imenso pátio de cimento que alguém dividiu com paredes de compensado, o pé-direito altíssimo onde se abrigavam morcegos e a existência bizarra de janelas somente nos fundos, que se abriam também numa porta para o quintal.

Apesar de todas as esquisitices, o ambiente da casa era saudável, garantiu Lioná; não existia tempo ruim com nenhuma das garotas, e se por um instante pudesse ser levantado o quesito segurança como empecilho para mulheres habitando um galpão no centro de Fortaleza, Lioná mencionava duas defesas, aliás, três: a primeira, um revólver que Auana, uma das residentes, mantinha sob o colchão; a segunda, Chico, o rottweiler que dormia no quintal e era dócil apenas com elas; e a terceira, o conhecimento em artes marciais que a própria Lioná tinha. O plano parecia perfeito e teria sido executado imediatamente, não fosse o pai de Révia descobrir tudo, por informações que alguém em Flores lhe passou. Então, numa noite em que quase todas as garotas estavam em casa (apenas Melissa se ausentara), ouviu-se, primeiro de maneira muito discreta, mas logo aumentando, uma sequência de golpes no portão de um depósito na mesma rua, alguns imóveis antes. Alguém gritava uma coisa incompreensível, e Andreia desligou a música que tinha colocado, um soul suave, enquanto estudava para a prova de enfermagem no aposento que fazia as vezes de sala. Levantou do sofá e se aproximou do portão metálico que dava para a rua; o barulho aconteceu de novo, mais próximo: murros em chapa de aço seguidos por gritos.

De novo a sequência se repetiu, porém mais perto, o que indicava que o homem vinha realmente subindo a rua e logo chegaria ali. Andreia virou-se para correr e avisar as outras, que naquela altura já chegavam, Lioná com os olhos muito arregalados, segurando Chico pela coleira, e Auana, ao contrário, amiudando as pálpebras e afinando os lábios, concentrada. Ela mirou o portão com o revólver bem na hora em que o esmurraram, e no minuto seguinte o homem gritou seu recado, uma voz abafada pelos latidos de Chico, que se debatia furioso, preso pela coleira. Talvez devido à reação inédita (não recebera latidos em resposta em nenhum dos outros imóveis, onde funcionavam de fato estabelecimentos comerciais, embora nem todos tivessem placa), o homem concluiu ter chegado ao lugar correto. Aquele não era somente mais um galpão silencioso e trancado fora do expediente — portanto, o homem repetiu seus berros, e pela insistência as garotas entenderam a mensagem, apesar da barulheira de Chico: ali estava o pai de Révia para um aviso. Se Lioná se metesse onde não era chamada, ia se arrepender. Ainda houve palavras como *sequestro*, *vadia* e *polícia*, mas o essencial se resumiu na ameaça e, quando o homem recomeçou a desfiá--la, Lioná diminuiu a força com que segurava Chico. O cachorro correu para o portão, latindo em pé, de modo tão próximo e violento que o homem por fim desistiu de tentar ser ouvido. Auana baixou o revólver, e em poucos segundos a cena tinha se dissolvido. Chico parou de arranhar o portão, mas ficou andando desconfiado ao redor, com as orelhas rígidas.

Révia não pôde ser salva, pelo menos não naquele momento. Mas ela seguiu com a vida, embotando-se de antidepressivos na casa da avó, que era provavelmente quem denunciara os seus planos de partida. Meses se passariam até que pudesse sair de Flores para voltar a atuar, ganhar algum dinheiro e, com isso, a possibilidade de morar longe da família. Valério telefonou para ela antes de todos, querendo animá-la com a boa notícia. Ele estava terminando a graduação e dava aulas particulares de inglês, mas também trabalhava no roteiro de *O homem que ri* e, caso o elenco topasse, o novo milênio começaria com uma estreia.

Thalia recebeu um telefonema similar, uma convocatória para retomar a Companhia Palavra Cênica (sem Sabino, que, após o murro, desaparecera em definitivo e, segundo informações muito vagas que Lioná ouviu de um conhecido, havia se mudado para Salvador). Ela não ficou surpresa quando soube que os demais já tinham acolhido a proposta: era praticamente a única pessoa com chance de argumentar falta de tempo ou disposição para assumir um novo compromisso. Entretanto, fazer a Lady Josiane do clássico de Victor Hugo tornou-se uma atração irresistível; Thalia passou o Natal lendo o romance e se imaginando no papel e, quando no início de janeiro recebeu o roteiro, a ideia de voltar aos palcos de maneira *real*, e não apenas simulada através de estratégias no magistério, tornara-se uma obsessão.

Começaram a ensaiar ainda naquele mês, o que foi uma

sorte, pois as aulas só retornariam em março, após o feriado carnavalesco. Além disso, era o segundo ano de Thalia ensinando as mesmas matérias, o que significava um ganho prático: não precisava mais preparar os conteúdos, somente revisá-los, e tinha inclusive acumulado um banco de questões para agilizar o trabalho de preparar provas. Continuava precisando corrigi-las, e essa era a parte ingrata da profissão: odiava o ritual de encontrar erros, circulá-los, fazer contagem de pontos, lançar notas. A contabilidade do aprendizado era o seu anticlímax.

Thalia nem cogitou largar os empregos, e obviamente ninguém mencionou uma hipótese do tipo. Quando a companhia se recuperou, após aquela temporada, e Valério teve a ideia de entrar com uma mostra de repertório, houve uma fase de ajuste, sobretudo pela necessidade de acharem um substituto para Sabino. Na falta de alguém que satisfizesse os critérios dos testes de elenco, a solução encontrada foi convidar João Vidal, de outro grupo antigo na cidade, Os Vândalos, que contava com muitos atores, mais de uma dezena. João Vidal foi emprestado sem grandes prejuízos para o funcionamento d'Os Vândalos, atuou no papel de maior destaque em O Leopardo e foi o Iúri de Dr. Jivago; Valério reescreveu os demais roteiros e fez Lioná, Douglas e Révia multiplicarem suas funções.

Douglas revelou-se um produtor metódico, passando a cuidar também das finanças do grupo. O retorno a festivais, junto com rápidos contratos e patrocínios aqui e ali, trouxe de volta a sensação de prosperidade que a Palavra Cênica tinha conhecido. Mas nem nessa época de fartura Thalia abandonaria as escolas; circular com o repertório era bem mais fácil que ensaiar peças novas, uma simples questão de reingressar numa personagem. Quando precisava se ausentar dos colégios por uma ou outra viagem em turnê, sempre havia a cara feia de um coordenador pedagógico, mas Thalia ignorava a pressão, apresentando como alternativa atividades ou filmes que poderiam ser utilizados durante as aulas afetadas. Tinha o sentimento — corretíssimo — de que os estudantes a consideravam uma espécie de estrela, uma atriz que poderia ser vista no futuro em cinemas ou televisões e, embora não tivesse nenhuma pretensão de sair do teatro para outras mídias, Thalia aproveitava a expectativa em torno de sua fama iminente. As escolas precisavam negociar com a potencial diva, não deixariam de ser compreensivas com um nome que depois seria fonte de orgulho profissional quando pudessem anunciar: "O primeiro emprego dela foi aqui", ou algo assim.

Na retomada do grupo no final de 1999, porém, as coisas ainda não estavam estabelecidas. *O homem que ri* era um espetáculo inédito, com todos os riscos de uma promessa, e, como que para acrescentar insegurança ao processo, Thalia se viu sofrendo epifanias bastante pessoais no papel de Lady Josiane. Gwynplaine é seu objeto de desejo por ser deformado, um homem que sofreu mutilações suficientes para virar quase um monstro — e, quanto mais repugnante, mais merecedor de afeto ele parece. Nas primeiras discussões de texto sobre as personagens, Valério fez um comentário a respeito que Thalia contestou de imediato, com a voz perturbada: "Mas não é só isso!". Douglas, que faria Gwynplaine e estava muito satisfeito por interpretar aquela espécie de antecessor do Coringa, levantou uma sobrancelha: "O que é, então?". Thalia tentou explicar que Lady Josiane não era apenas altruísta, uma mulher cheia de compaixão e, em decorrência disso, amor. Era na verdade uma pessoa com baixíssima autoestima, que não se sentia capaz de merecer alguém normal.

Disse isso, e calou-se. Podia sentir os olhares de censura, as palpitações do silêncio ao seu redor, até que Douglas, como ela tinha previsto, jogou um "O que é ser normal?", com jeito de quem não aguardava a resposta, um levantar de ombros como uma breve descarga elétrica. Valério comentou que era possível, sim, que ali houvesse duas vítimas, mais profundidade em vez do par vítima-salvador. "Salvadora", corrigiu Lioná. Aliás, era um fato comuníssimo que as mulheres se considerassem responsáveis por acolher homens deformados de um modo ou de outro, qualquer um que carregasse uma feiura moral, ética, um vício ou desvio, hábitos nojentos, qualquer um podia encontrar uma mulher disposta a batalhar pela sua recuperação, a consertá-lo com a persistência do amor e essas baboseiras que ninguém enxerga como submissão e doença. Mas quem acolhe as mulheres, quem se dispõe a salvá-las?, Lioná perguntou.

Révia soltou um suspiro e olhou para os próprios dedos, entrelaçados sobre a mesa onde tinham espalhado as cópias do roteiro. No seu caso, Valério era o salvador; se não fosse o seu convite para retomar o elenco, e se junto com esse convite ele não lhe propusesse também trabalhar na escola onde ensinava inglês, Révia não teria voltado para Fortaleza. Na escola, ela não lecionava; deram-lhe um simples cargo de supervisora, o que na prática significava que atendia a telefonemas de pais queixosos e obrigava alunos a entrarem nas salas após o intervalo. Um pouco humilhante para quem tinha feito três semestres de letras, mas — como a universidade continuava distante dos seus planos — Révia se conformava em ser aquele tipo de figurante, alguém que fica apenas controlando o que acontece no intervalo entre duas aulas, com um rosto duro para inibir possíveis gazeteiros e um sorriso disponível para ajudar alunas que ocasionalmente viessem pedir um absorvente ou irromper em choros e confidências súbitas.

Graças àquele serviço, Révia começou a ganhar um salário e pôde se mudar para a casa-galpão sem que o pai acusasse Lioná de sequestro, pois nenhum policial veria crime no fato de uma pessoa maior de idade decidir morar com amigas, dividindo as despesas, inclusive. Ela precisou romper com a família, entretanto, porque, por mais que não tivesse nenhuma razão, o pai voltou a aterrorizar a casa, batendo no portão certa madrugada. Dessa vez, Chico foi trancado num banheiro e Auana partiu para o quintal com o revólver, onde deu um tiro para cima. Lioná, que esperava junto com as outras mulheres na sala, aproveitou o silêncio, o curto medo reflexivo do pai de Révia, para gritar a ele do lado de dentro do portão. Se voltasse a incomodar por ali, o próximo tiro seria na cara.

Révia agora pensava no rosto deformado do pai, caso sobrevivesse a um tiro hipotético. Seria um Gwynplaine na aparência — mas Gwynplaine para Thalia ultrapassava o protótipo do ferido; era um ideal masculino de excentricidade, que Diana durante sua adolescência tentara lhe incutir. Aquela sensação de *reconhecimento* veio logo na fase preparatória das personagens, mas Thalia não soube identificar com firmeza o gatilho. Foi somente quando disse as frases de Lady Josiane ("Sinto-me aviltada perto de ti, que felicidade!") que o sentido se descortinou, um sentido associado à memória que qualquer um tomaria como brincadeira ou até como uma atitude louvável, inclusiva ("Amo-te não só porque és disforme, mas porque és abjeto"). Thalia, porém, sabia o que estava em jogo ("Um amante infamante, que coisa mais sublime"), sabia o tipo de grilhão que lhe apertava a lembrança.

A partir dos seus treze anos, ouvira aquele tipo de discurso, uma espécie de estímulo acionado por Diana para que as filhas se apaixonassem por algum homem *raro*. A mãe contava sobre a atração que ela própria sentira por rapazes diferentes: podiam ter um pé torto, uma mancha de nascença ou uma tristeza irreparável, como na época parecia a Thalia ser o caso de seu pai. "Toda cicatriz tem história", Diana repetia, e embora Salete nem enxergasse aquela isca, Thalia, interessada por narrativas, caiu de amores pelo menino queimado que conheceu na oitava série.

35

Agora, mergulhada nos ensaios de O homem que ri, à medida que se desenvolvia aquela atmosfera grotesca, tudo lhe parecia extremamente familiar, biografias dolorosas com personagens marcadas por alguma maldição, toda a memória dos homens que a mãe admirou.

Quase pode ouvir de novo Diana repetindo que uma pessoa interessante é aquela que "passou por poucas e boas". Diana lhe deu a primeira lição de teatro quando se disfarçou de velhinha intrusa, uma brincadeira repentina numa noite de domingo, noite monótona e propícia para que surgissem ideias, quando a mãe confabulou com o pai: "Vamos enganar as meninas!". Ela desapareceu em busca de um figurino, e o pai permaneceu no quintal entretendo as garotas com o xadrez. Quando a mãe voltou, estava disfarçada, irreconhecível por causa das costas encurvadas e da voz trêmula, uma velhinha que avançava como uma bruxa surgida das florestas mágicas.

A cena colocou Thalia numa estupefação, a primeira das muitas ocasiões em que se sentiria paralisar pelo susto, e a partir dos oito anos foi esse o seu modo de reagir, sem que jamais tivesse planejado. O corpo sofre um desligamento temporário com o assombro, vira uma estátua, incapaz de fuga ou desespero, a mente deixa de pensar qualquer coisa, é arremessada para um plano alheio, onde parece ter congelado. Ela continuou siderada por vários minutos, incrédula diante do fato de que a mulher disfarçada fosse sua mãe, mesmo quando Diana tirou o lenço do cabelo, largou a bengala e endireitou as costas, passando a usar a própria voz, que gritava: "Thalia, fale comigo! Você está bem?", sacudindo a filha pelos ombros, que continuava imóvel e só com tapinhas no rosto começou a reagir, a balbuciar: "Como é que pode... mas como?". A mãe então correu para a cozinha, anunciando que nunca mais faria aquilo, uma ideia idiota de assustar as meninas; agora ia preparar um chá de camomila, deviam esquecer tudo, ficar calmas, mas onde estava Salete?

Salete saiu do seu esconderijo, debaixo da cama no quarto. Sua reação tinha sido perfeitamente normal.

4.

Antes do menino queimado, Thalia havia conhecido várias crianças marcadas pelo fogo. Na vizinhança e em locais públicos, parquinhos, lojas, não era incomum cruzar com alguma pequena criatura de rosto deformado. Talvez fosse um sintoma do descuido dos pais (panelas virando ferventes sobre cabecinhas que mal alcançavam o fogão), ou pode ser que houvesse muitos incêndios na cidade. Alguém certa vez também comentou que as incubadoras do final dos anos 1970 apresentavam defeito no aquecimento — e quando uma enfermeira reparava no acidente o bebê já estava aos berros, com áreas do corpo intensamente vermelhas. Por um golpe do destino, aquela pessoa, nascida pouco antes do previsto, precisou do auxílio de uma máquina para estabilizá-la, ajudá-la no processo de viver fora do ventre, mas essa mesma tecnologia, feita para simular o aconchego e a proteção do espaço materno, podia desandar no fornecimento de calor. Thalia, quando soube disso, pensou numa ave que continua a chocar os filhotes depois de romperem o ovo, pensou em redomas, saunas, em tudo o que pudesse vitimar por sufocamento, embora a intenção inicial fosse cuidar. Pensou inclusive que tudo é descontrole na própria existência: se ela, por exemplo, tivesse nascido uns quarenta dias antes do tempo, poderia ter sido um dos bebês aquecidos em excesso, colocada num berço de vidro em vez de ter saído direto para o mundo.

Havia ainda a circunstância de que em sua casa quase nunca se cozinhava. Ao longo de sua infância, o almoço foi anunciado pelas marmitas que o pai trazia: um conjunto de panelinhas empilhadas, em inox, cada uma com um prato. O tempo certo e as marmitas salvaram a pele de Thalia, bem como — se quisesse prolongar o pensamento — vários outros acasos milagrosos, que evitaram fiações descascadas em casa, tempestades com raios fulminantes, gás escapando e prestes a explodir com uma lâmpada que ia acender no aposento, coisas assim. É verdade que o número de possibilidades funestas sempre ultrapassa o das tragédias que de fato acontecem, e, lembrando bem, talvez não tenham sido *várias* crianças que ela conheceu... Mas foram pelo menos três com certeza.

A primeira tinha o mesmo nome de Thalia — e ambas andavam pelos quatro ou cinco anos de idade. Encontraram-se num restaurante, e a coincidência foi descoberta pelos pais das meninas, antes que uma notasse a outra. Thalia recorda o profundo terror que sentiu quando a garota se virou; ela tinha cabelos cacheados invejáveis, mas o rosto era uma chaga, rugoso como se alguém tivesse feito uma rasura num papel que se amassa em seguida. Ela significou uma promessa do que Thalia poderia ser: numa realidade transversal, ela teria outros pais, moraria em outra casa, teria outra aparência, mas continuaria sendo Thalia. A manutenção do nome apontava até mesmo para a possibilidade de que ela tivesse se desdobrado em outra menina, e que a menina fosse essa, desfigurada e triste, um duplo seu a persegui-la como uma espécie de sombra a partir daí. Thalia saiu correndo e chorando para longe daquela versão monstruosa, deixando Diana e Iago com o constrangimento de explicar sua óbvia reação aos pais da garota.

O segundo foi o menino da escola, um novato que chegara exibindo o lado direito da face todo escuro e seco, um arquipélago em miniatura que havia se fixado ali e dava a impressão de que, ensaboando-se bem, descolaria. Ele não parecia ter qualquer problema com o defeito: tinha as feições flexíveis, era sorridente e extrovertido. Naquela idade, inclusive, fazia sucesso que um garoto aparentasse ter algo de monstro ou zumbi — quase como se fosse um sobrevivente de guerra, ou de algum modo ostentasse sua coragem na cara. Tamanha autoestima fez com que Henrique vivesse rodeado de gente; outros garotos o disputavam como parceiro em jogos e conversas, e as meninas, quase todas, entre elas Thalia, desenvolveram uma paixão secreta por ele.

Naquela época, com treze anos, Thalia passava longos períodos em silêncio durante as aulas, desenvolvendo hipóteses em que ela própria carregava meio rosto deformado, caso um dos constantes perigos tivesse não apenas rondado, mas caído sobre ela como uma fatalidade capaz de aleijá-la, distingui-la para sempre dos demais — um membro faltando, uma paralisia, uma condição desfigurante. Sua mãe, que exaltava as cicatrizes masculinas, sempre se desesperava por manter as filhas com a "aparência normal", e dentro desse princípio não hesitou em desobedecer ao ortopedista quando ele impôs a Thalia, aos nove anos, o uso de um colete de correção da escoliose durante vinte e quatro horas, por vários meses.

"No colégio, você não vai usar", Diana avisou logo na saída do consultório, sem que a filha sequer tivesse imaginado como seria aparecer na aula com um tipo de espartilho, uma gaiola bizarra que lhe prendia o tronco e o mantinha rígido. Certamente a turma seria impiedosa, inventando apelidos e fazendo muitas outras coisas piores. Mas ninguém jamais soube, ninguém além daquela casa, nem mesmo tios ou primos viram Thalia usando "o aparelho", como Diana dizia. A correção de sua coluna foi um segredo de família e durou trinta e oito meses. O atraso gerado pelas horas públicas, quando a menina se via livre do colete, fez o ortopedista bufar de impaciência, a cada ano mandando que um novo modelo fosse confeccionado para acompanhar o crescimento e a evolução do problema. "Tudo seria mais rápido e barato se a senhora seguisse as instruções", ele falou à mãe de Thalia quando, três meses após a primeira consulta, descobriu que sua paciente só seguia o tratamento em casa. "Não tenho problema com tempo ou dinheiro", foi a resposta que ouviu.

A terceira pessoa queimada não era uma criança, mas uma adolescente que devia ter seus dezesseis, dezessete anos. O lado esquerdo do seu rosto carregava uma mancha repuxada e marrom, semelhante à que Thalia vira em Henrique, naquela mesma escola. Mas a queimadura, em Camila, era ainda mais extensa: descia pelo pescoço e parecia funcionar como uma espécie de sinal mutante. Camila era profundamente revoltada. O tipo de adolescente que vira carteiras em sala de aula, sai batendo portas e cuspindo palavrões, se o professor pede silêncio. E ninguém ousava puni-la: como se ela tivesse direito àquelas chamas de raiva que, afinal, trazia na face.

Uma única vez, ela se enterneceu. Foi quando fez circular um álbum de férias, com fotos que havia tirado na praia. Em todas, Camila se exibia com o perfil intacto — e um corpo magnífico. O perfil parecia o de uma figura egípcia, eternamente voltado para um dos ombros. Já a parte inferior assumia várias posturas: pernas dobradas, braços na cintura ou atrás da cabeça... e o biquíni deixava explodirem curvas, contornos completamente inesperados, como se ela tivesse colado na cabeça, por meio de um programa de computador (que na época ainda não existia), um corpo retirado de uma revista. Foi o seu momento de glória, em que sentiu que as colegas finalmente invejavam sua beleza. E pela primeira vez Thalia a viu sorrir, apenas com um dos lados da boca e apertando um dos olhos. O outro lado do rosto continuava imóvel.

Talvez Diana tivesse se impressionado ainda mais com os exemplos de tragédias ambulantes que via, para além dos casos que Thalia conheceu. Cada deformidade, mutilação ou prejuízo na saúde lhe injetava o complexo sentimento de acolhida (quando se tratava dos outros) e rejeição (no caso das próprias filhas). Ela simplesmente não suportava tratar de doenças, mesmo as comuns e previsíveis, em sua família. Um resfriado a punha em desespero, e ela andou à beira da loucura quando, num mesmo ano, Salete teve hepatite e pneumonia. Diana cortou o próprio dedo enquanto picava a carne do almoço, precisando levar pontos numa emergência; deixou de dormir e de trocar de roupa. Iago precisava lembrá-la de tomar banho e pentear os cabelos, sempre arriscando ouvir que, se era demais para ele ter uma esposa priorizando a maternidade, então podia ir embora atrás das putas.

O quarto de Salete foi transformado num calabouço escuro cheirando a álcool. Thalia ficou proibida de entrar, para evitar contágios; nas poucas vezes em que espiou pela porta, teve a sensação de que bolhas misteriosas flutuavam entre o teto e a cama da irmã, numa atmosfera suspensa que era quase um limbo, uma coisa indefinida e solene como a que se encontra em igrejas. Diana fiscalizava a cor do xixi de Salete, a consistência de seus catarros, tudo com os olhos arregalados da "louca" que tinha se tornado por causa da doença, uma espécie de tortura que a filha parecia esfregar na sua cara de propósito, de modo voluntário. Havia regras para não adoecer — portanto, se uma delas pegasse chuva, andasse descalça, tomasse água direto da torneira ou, pior ainda, comesse algo que havia caído no chão, se roesse as unhas, chupasse o dedo, tocasse qualquer parte do rosto com a mão suja ou ficasse perto de quem espirrou, tudo isso era desobediência.

O risco de se machucar com uma bicicleta ou um brinquedo de parquinho aboliu essas experiências da vida de Salete e Thalia. Se mesmo assim uma delas insistisse (quase sempre Thalia) em colocar escondido os patins de uma amiga, no colégio, ou saltar do trampolim na vez em que, adolescente, foi ao Clube dos Comerciários levada por uma vizinha, a descoberta da infração trazia tapas decididos, gritos, sermões por dias inteiros, telefonemas a quem mais pudesse estar *envolvido*: pais de colegas, professores ou a vizinha, que ficou proibida de levar as garotas para passear.

Salete muitas vezes comentou, com um fio de voz, que era melhor "deixar quieto", e dizia isso na tentativa de consolar Thalia quando ela ruminava um choro com ódio, um dos lados da cara em brasa pelo tapa, enquanto a mãe continuava gritando, falando para o mundo inteiro ouvir que ela era a mártir, a vítima dessa menina endiabrada que não lhe dava um minuto de paz e tinha de apanhar para não morrer — porque, se ela não apanhasse, ah, sabe Deus quantos ossos teria partido, estaria cheia de cicatrizes, e quem depois iria querer uma moça coberta de marcas, remendos? E seria ela, a mãe idiota, a parar o que estivesse fazendo para correr com essa filha ao hospital — porque a menina poderia se afogar, ser atropelada ou cair dura de um choque elétrico a qualquer instante, que o pai, o espírito zen de calmaria, não moveria uma palha para ajudar, como nunca moveu.

Aos dezenove anos, entretanto, quando Salete ousou mentir para a mãe e as três se viram juntas num carro, com Diana dirigindo e berrando, Salete, no banco do carona, não parava de implorar perdão, e foi Thalia quem lhe aconselhou: "Cala a boca". Teve que dizer isso com uma voz quase tão alta quanto a de Diana, mas disse tocando no ombro da irmã por trás, do banco onde estava. Melhor deixar quieto.

O cantor Cazuza havia morrido poucas semanas antes, e elas ainda carregavam frescas na memória as imagens definhantes do artista, fotografado em todas as etapas de sua doença. No final, praticamente um esqueleto humano, a bandana sobre a testa como uma faixa que sustentasse toda a sua frágil arquitetura, o artista virou o tema preferido de Diana. Ela passou a falar todos os dias sobre a aids, porque as filhas precisavam ficar atentas. As mulheres eram as mais infectadas, o corpo feminino um receptáculo para a injeção do vírus em carga máxima. Os homens se transformaram em seringas perigosas, instrumentos de medo — e como Salete *ousava mentir*, numa época daquelas? Faltava às aulas na universidade para sair com quem? "Um cinema com minha amiga Marjorie", Diana dizia, imitando a voz da filha num falsete, para em seguida voltar ao seu próprio timbre: "E quem me garante que essa é a verdade, que você não está saindo por aí com um cara que pode te contaminar?".

Aquilo não era um diálogo nem jamais seria.

As súplicas de Salete criavam o efeito de reacender a raiva em Diana, requentar o motivo de ódio: a mentira, a irresponsabilidade, a confiança perdida — e de novo ela, a mãe, sempre a mãe, ia depois arcar com as consequências, segurar as pontas.

Thalia suspeitava de algum tipo de mecanismo interno que estimula as pessoas a massacrarem os humilhados, em vez de perdoá-los. Se alguém se agacha, você deve chutá-lo, essa parece ser a regra, e assim Diana gritava, dirigindo o carro de forma desvairada, como que para enfatizar a fúria que a possuía. Quando só restaram os seus gritos no veículo, sem o contraponto dos pedidos de perdão vindos de Salete, aos poucos tudo foi parando. Diana soltou uma ou outra frase que lhe ocorreu, prometendo castigos; em seguida, passou a repetir palavrões, um deles conquistando sua preferência: "Merda!", a palavra que Thalia no futuro tanto diria, mas com um sentido absolutamente diverso, a merda redentora do teatro, que ali, na voz da mãe, vinha carregada de expulsão venenosa, um fôlego que foi cessando — até ser substituído por uma cara feia, rugas profundas num rosto que era a própria máscara da vingança. Thalia evitou olhá-la pelo retrovisor. Salete virava a cabeça para a janela, e aquela era uma boa ideia: dava para fingir que andavam de táxi, viam a paisagem e existia a paz. Dava até mesmo para cantarolar (mas só mentalmente) os versos que as irmãs achavam uma fonte de mistério: "Eu vejo o futuro repetir o passado".

5.

Logo após a separação, Iago ingressou num longo período nômade, que começou quando as filhas tinham quinze e nove anos. Ele só voltaria a vê-las numa fase completamente distinta, quando Salete já era adulta e Thalia abandonara a infância. Na prática, porém, os sete anos não tinham sido de ausência completa, pois havia os telefonemas e cartões-postais. Nos meses finais daquela sua aventura errante, também houve a possibilidade de encontrá-lo em Canindé, onde ele se hospedava com Jacinta. Thalia pegou o ônibus assim que o pai lhe sugeriu uma data, mas Salete não quis acompanhá-la. Ela provavelmente concordava com os comentários de Diana, o tom mordaz que a mãe usava para dizer que Thalia, como um cachorrinho, ia ao primeiro chamado de Iago.

Para Thalia, ter um encontro real era a única forma de constatar que, de fato, continuava tendo um pai. Os cartões-postais e as cartas (houve algumas compridas, da época em que Iago esteve na Jordânia) pareciam ficções, com relatos sobre países e hábitos tão estranhos que davam uma sensação mais vertiginosa do que a provocada pela velha revista de ufologia. Thalia continuou relendo ocasionalmente alguns exemplares que guardava escondido, mas então, lá pelos seus doze ou treze anos, eles sumiram junto com os cadernos em que rabiscava desenhos eróticos, levados no mesmo expurgo que Diana promoveu.

Quanto aos telefonemas, eram mais incômodos que alegres: podiam acontecer de madrugada, se o pai não calculava direito o fuso horário, e havia muita rapidez e barulhos diversos. Iago telefonava de rodoviárias, estações de trem, postos comerciais de cidades como Moulmein ou Karabük. Começava anunciando o local em que estava, geralmente aos gritos, e o nome exótico não fazia sentido para Thalia, de modo que, após alguns episódios com dúvidas e perguntas insistentes, ela deixou de pedir ao pai que repetisse as coisas, inclusive porque ele frisava que tinha pouco tempo, as ligações eram caríssimas e a qualquer instante podiam se interromper. De fato, por muitas vezes o pi--pi-pi na linha foi a continuação de uma frase que o pai ou uma das filhas dizia, e depois que o telefone voltava para o gancho Thalia ou Salete ainda esperavam um pouco, para o caso de uma nova ligação surgir. Mas o pai nunca ligava em seguida.

Diana dizia que os telefonemas não indicavam nenhuma preocupação, nenhum interesse de Iago pelas meninas. Ele só queria se exibir na sua volta ao mundo, e tamanha ostentação chegava a ser uma afronta se alguém — *qualquer pessoa*, ela frisava — levasse em conta o quanto ele gastava rodando países estrangeiros, sem pagar pensão alimentícia e, portanto, atuando como um foragido da lei. Pois se ela, Diana, quisesse, ele seria preso. Thalia tentou argumentar falando que o pai estava desempregado e as viagens aconteciam do modo mais desconfortável possível, entre caronas e passagens pagas com trabalhos que ele ia arranjando no caminho, improvisos difíceis, terrivelmente desgastantes, conforme os relatos dele. Diana, ao contrário, não fazia qualquer sacrifício, vivia da herança que seu pai, o médico Alfredo Medeiros Gavir, deixara ao morrer, viúvo e sem outros filhos.

O aluguel de duas casas em bairros nobres da capital paulista, bem como os rendimentos da venda de um imóvel em Santos, ainda eram complementados por mimos financeiros que Noêmia nunca esquecia de enviar, geralmente em datas especiais. A bisavó de Thalia e Salete havia se casado duas outras vezes e tido mais quatro filhos, mas nem por isso superara a lembrança de Xavier Gavin, seu amor francês.

O primeiro casamento era o verdadeiro, o indissolúvel, ela costumava confessar a Diana quando estavam sozinhas. Não importava que tivesse assinado documentos num cartório, ligando-se em matrimônio a um e depois a outro empresário, ambos mortos de ataque cardíaco num intervalo de dez anos, ocasião em que Noêmia se viu com quatro meninos pequenos lotando a casa com suas babás e cozinheiras. Mas o único que lhe interessava continuava sendo o primogênito, Alfie, um adolescente tímido cujas feições ela investigava procurando os traços do pai.

Entretanto ela conheceu várias tristezas com o seu predileto. Diana escutou, em muitas confidências ao longo de anos, como Noêmia havia se deprimido com a decisão do filho de se mudar para a capital cearense. Recém-formado em medicina, Alfredo conhecera a futura esposa, Paulina, numas férias em Fortaleza. O relacionamento fora tão breve que praticamente servira apenas para que gerassem a única filha e tivessem uns poucos meses de convívio na nova casa.

Diana nem saíra do berço quando a mãe sofreu um desmaio ao dirigir, bateu o carro e ficou desacordada. Alfredo, que estava de plantão, foi informado do que acontecera; largou um atendimento pela metade e pegou carona numa ambulância para chegar ao hospital em que Paulina estava. Lá descobriu que o desmaio da esposa podia ser uma pista para algo muito mais grave, os exames posteriores de fato confirmando o melanoma já irradiado, espalhando-se dentro daquele corpo de vinte e três anos, de maneira incontrolável.

Noêmia não conseguia entender por que o filho, após a morte da esposa, persistiu em ficar no Ceará, cuidando de Diana por conta própria. Claro, houve a ajuda de empregadas domésticas e até de motoristas particulares, porque o horário de plantões continuava insano e tudo o que o dr. Alfredo exigia ao voltar para casa era um pouco de descanso — mas, mesmo sob tais condições, a sua teimosia era incompreensível diante da perspectiva de uma vida mais fácil em São Paulo.

Se ao menos Alfredo tivesse outro relacionamento sério que justificasse a sua permanência em Fortaleza, Noêmia entenderia, mas até onde soube foram apenas namoros, nenhum decididamente fixo, dizia, com ar interrogativo, e Diana confirmava. O pai chegou a lhe apresentar namoradas, faziam passeios juntos, viagens, mas ele nunca tornou a dividir a casa com ninguém. No fundo, foi fiel à memória de Paulina na mesma escala em que Noêmia era fiel a Xavier, Diana afirmou certa vez, e a ideia soou maravilhosa à sua avó.

Depois daquele insight sobre o comportamento semelhante dos dois, Noêmia suavizou as cobranças que sempre fazia à neta, para que pelo menos ela fosse morar ali em São Paulo. Alfredo tinha lhe provocado a maior das tristezas com sua morte súbita por um derrame, e Diana então andava pelos vinte anos. Embora a cidade pudesse trazer amplas oportunidades para alguém que, como ela, cursava direito, a verdade é que Diana não tinha qualquer intenção de se afundar no trabalho como seu pai, sentia-se mais propensa a uma vida de aventuras, e seu gosto por esportes acabou fazendo com que conhecesse Iago, professor de educação física e personal trainer, um moreno atlético a quem anunciou sua gravidez após quatro meses de namoro. Casaram-se às pressas, e a urgência talvez tenha comovido Noêmia pela lembrança de sua própria situação na juventude. Quando nasceu a menina, batizada como Salete em homenagem à terra de Xavier, Diana ocupou definitivamente o lugar de favorita para Noêmia. Não só Diana era a neta que dava continuidade ao sangue dos Gavin, ainda que agora o nome fosse Gavir, mas também fazia com que sua descendência apontasse claramente para as origens, La Salette-Fallavaux. A história seguiria preservada.

Por causa da narrativa familiar, mantida ao menos na geração seguinte, Noêmia acrescentava os tais mimos aos rendimentos de Diana. Em datas específicas — aniversários, Natal, Páscoa — habitualmente um valor era transferido, mas com os anos, talvez pelo avanço da velhice e a percepção de que sua fortuna em breve se dividiria entre os quatro filhos e dez netos, sem privilégios para a sua favorita, Noêmia inventava pretextos para presentear Diana. Ela devia estar precisando trocar de carro, ou reformar a casa, ou comprar coisas para as meninas, dizia, sempre que Diana lhe telefonava para indagar sobre um depósito inesperado. E assim foi até 1993, quando Noêmia morreu, quase centenária.

Diana largou tudo para acompanhar o enterro: comprou a passagem e fez as malas com uma pressa insana, como se fosse o caso de salvar a avó e não de encontrá-la morta. Quando voltou da viagem, numa aparência arrasada de quem sofreu um espancamento, Salete tentou consolá-la, repetindo o que haviam dito acerca de uma morte abençoada, "de passarinho". Noêmia simplesmente enfraquecera, murchara ao longo de alguns dias, sem dores, e então se apagou. "Ela não sofreu, eu sei", respondeu Diana. O problema era o desaparecimento, a lacuna. Ela viveu noventa e oito anos, virou uma peça histórica — "Já pensou quantos fatos ela acompanhou, não nos livros, mas nos jornais do próprio tempo? E como se sentiu em cada momento, cada época?". Enterrar Noêmia era agir como um estranho arqueólogo, que esconde uma relíquia, soterra um testemunho para ninguém mais acessá-lo. Aquilo estava encerrado de uma vez por todas, disse, amargurada.

Mas, quando Noêmia ainda era viva e privilegiava Diana, Thalia mencionava esses benefícios para destacar a falta de sacrifícios por parte da mãe — embora qualquer tentativa para defender Iago fosse inútil. "Ninguém obrigou o seu pai a cair no mundo!", Diana gritava em resposta. Podia agir como uma pessoa normal, divorciar-se e continuar empregado — mas não! O radical Iago largava *tudo*, mulher, filhas, trabalho, só servia se fosse assim, nos extremos.

Thalia se retirava do quarto quando a mãe dava partida naquele tipo de discurso. Normalmente procurava Salete, ia encontrar a irmã no quarto dela e por ali ficava, folheando um livro ou mexendo na caixinha de brincos e pulseiras. Se fosse para o próprio quarto, às vezes Diana continuava falando, perseguindo Thalia com variações intermináveis do mesmo tema. Mas o refúgio no quarto da irmã parecia blindado, talvez porque Salete arrumasse tão bem o local, fosse tão organizada. Tudo estava sempre limpo, em perfeita harmonia, lençóis e toalhas dobrados nas gavetas, dentro do armário roupas penduradas nos cabides e dispostas por gradação de cor, como um arco-íris imperfeito (faltava o lilás). Os livros e as bonecas nas prateleiras da parede se exibiam impecáveis, assim como os demais livros e objetos decorativos na escrivaninha, um móvel de cerejeira onde Salete se acomodava para estudar em meio a canetas coloridas, bibelôs de vidro ou de gesso, um minicacto e fotos de artistas, Nikka Costa, Madonna, Michael Jackson em progressivas mudanças na aparência.

Salete tinha uma bela voz, delicada, e, em certas músicas, idêntica à de Cyndi Lauper. Thalia insistia para ouvi-la em "Girls just want to have fun", torcendo para que a irmã também fizesse um pouco da dancinha do início do clipe, que viram juntas algumas vezes na televisão. A performance completa, porém, só acontecia quando Diana se ausentava. Embora nunca fosse mencionada uma proibição evidente (que mal havia em deixar as filhas dançarem em casa, ouvindo música um pouquinho alto e entrando num leve estado de euforia típico da juventude?), Diana criticava o comportamento histérico de garotas em telenovelas, o modelo nocivo das cenas com mocinhas berrando, quebrando pratos e coisas assim. "Se uma de vocês algum dia tiver o chilique de quebrar uma louça de propósito, vai pagar cada centavo, depois de varrer os cacos e aproveitar pra fazer uma faxina completa. Energia se gasta de modo funcional", ela dizia, depois de um capítulo na televisão, e de certa forma aquilo sugeria que danças, cantos ou risos desvairados talvez fossem energia improdutiva.

Não que Salete ou Thalia deixassem de fazer tarefas domésticas. Uma faxineira era contratada esporadicamente, e apenas para serviços mais pesados, como a lavagem de janelas ou a limpeza dos boxes do banheiro. No dia a dia, as três mulheres dividiam a manutenção da casa, cada uma responsável pelo próprio quarto, e Diana, que nos primeiros anos do divórcio tinha mais tempo, também se ocupava da sala, da roupa passada (mas uma das meninas devia tirá-la da máquina de lavar e estendê-la no varal) e das áreas externas, onde havia um pequeno jardim. Na cozinha, Salete, que gostava de culinária, às vezes testava receitas, embora em geral continuassem a comprar marmitas ou fossem almoçar num self-service a caminho da escola. Quando Salete entrou na universidade, passou a comer no restaurante do campus, e isso coincidiu com a época em que Diana abriu uma loja de joias no shopping. Sem horário livre para almoços em família, ela acabou deixando Thalia consumir porcarias na cantina do colégio; mas, pelo menos em alguns dias, Diana conseguia que sua sócia abrisse a loja para que pudesse levar a filha a um restaurante antes das aulas.

Foi nesse período que as irmãs mais se divertiram juntas. Diana ocupava-se com a nova função de empresária, estava o tempo inteiro às voltas com encomendas e papeladas para resolver, sem falar nas horas de expediente no shopping, que passou a ser sua segunda casa e, de certa maneira, também a das filhas, já que muitas vezes dizia para se encontrarem lá. Então Salete, que começara a pegar o ônibus para o curso universitário, entrava no transporte segurando bem a mão de Thalia, cuidando dela como se fosse uma mãe postiça até chegarem ao destino. No shopping, voltavam a ser irmãs, zanzando pelas lojas de roupas e brincando de escolher hipoteticamente peças para um disfarce ou um desfile, uma extravagância qualquer.

Quando voltavam para casa, muitas vezes sozinhas, porque Diana fechava a loja só às dez da noite, Salete e Thalia reinavam. Salete cantava Cyndi Lauper fazendo todos os trejeitos da cantora, vestida com várias saias sobrepostas, um collant e um chapéu de praia (na falta de outro melhor), ou então imitava John Travolta em *Os embalos de sábado à noite*, a postura subitamente tesa, que fazia Thalia rolar no chão com risos descontrolados. Ela também experimentava os passinhos do Michael Jackson em "Thriller", que imitava inventando olheiras com rímel, os cabelos bem desgrenhados e o andar de zumbi. Mas à medida que os meses passavam Thalia começou a dar preferência às músicas pungentes e não divertidas; punha para tocar "Woman in chains" e simplesmente se embalava na melodia ondulada. Ao contrário de Salete, nunca cantou de um jeito sequer passável, então começou a dublar, acompanhando vozes alheias com perfeição de ritmo, as feições transtornadas pelo sentimento, a garganta trêmula no vazio.

Thalia mais tarde diria a Salete que aqueles anos foram sua verdadeira iniciação no teatro e que a irmã, muito melhor dançarina e cantora, seria com certeza uma estupenda atriz, se quisesse. Entretanto, quando Salete cedeu à sua insistência de pelo menos ir a um ensaio — preparavam *O Leopardo* na época —, as consequências não foram boas. Salete, que morava com Diana (como aliás nunca deixou de fazer), inevitavelmente comentou com a mãe sobre os colegas de Thalia, o elenco da Palavra Cênica em seu comportamento fora dos palcos, ou seja: irreverência, palavrões, cigarros e a sensação de que todos transavam com todos, pela troca de carícias, massagens e risinhos. A própria Thalia sabia que essa era uma ideia fácil de formular por quem estava fora do grupo e não tinha convívio suficiente para entender como as coisas funcionavam. Portanto, culpou a si mesma muito mais do que à irmã, quando Diana inquiriu se agora a sua vida era comunitária, no estilo devasso de Iago.

Mas, no tempo em que Thalia ainda não era atriz e Salete começava os estudos de administração, que depois trocaria pela fisioterapia, as duas estiveram próximas como jamais voltariam a ser, como se fossem realmente só elas existindo na casa. Diana voltava do shopping exausta demais para supervisionar as filhas, deixava-as livres para lerem e comerem o que quisessem, dormirem tarde. Qualquer ato dentro da residência já não era regulado, embora as saídas continuassem passando por controles: se uma ia ao cinema precisava responder quando e com quem — deixando nomes e números de telefone de colegas ou pais de colegas a serem contatados *em caso de necessidade*, o que equivalia a dizer em caso de atraso ou desconfiança.

As duas não deixaram de mentir, é claro. Thalia anotava os números de telefone invertendo a ordem dos dois últimos, para que a mãe não importunasse suas amigas, e quando Diana a confrontou com o fato de que não conseguia acertar uma ligação para ninguém da sua agenda, ela se fez de desentendida, negou até o fim qualquer manobra, insistindo que as pessoas deviam ter mudado de número ou havia um problema de linha cruzada; ofereceu opções delirantes até que a mãe encerrou o assunto com um tapa em sua cara. Salete arriscava bem menos, nunca ousou enganar Diana durante o seu período na escola e, na universidade, uma tentativa que fez — cabulando aula com sua amiga Marjorie, uma companhia secreta, ao que constava — foi descoberta de um jeito tão brusco que ela ficou traumatizada.

Apesar de tudo, eram felizes. A mãe estava satisfeita, comemorando o status de empresária. Vendera um dos imóveis de sua herança para capitalizar o negócio, idealizado em parceria com a sócia, Miriam, sua amiga desde a infância e praticamente a única que lhe restava. Em poucos meses, as duas mulheres abriram a D Joias, uma loja de trinta metros quadrados que seria o tema constante das alegres queixas de Diana. Ela costumava realçar o quanto passava a existência sem ver o pôr do sol, presa num shopping e trabalhando até aos domingos — e é claro que nesse resumo havia exagero, porque Miriam dividia os esforços com ela. Mas fazia parte da conquista um discurso sobre sacrifício e empenho, que assegurava a importância da loja.

Entretanto, Diana encontrava tempo para namorar. Passou bons momentos com um empresário dono de uma sorveteria no mesmo shopping, e depois teve um affair com um cliente casado e pai de gêmeas, um sedutor que, além do presente valioso que comprou para as filhas aniversariantes, teve a iniciativa de pedir a Diana que escolhesse, dentre os conjuntos com pedrarias, aquele que seria o mais adequado a uma mulher fabulosa. Quando ela opinou elegendo o mais caro, com rubis e topázios finamente incrustados, o homem pagou de imediato, e Diana suspirou pensando na diferença entre os tipos masculinos, pois ali estava um que não hesitava em comprar um colar e brincos riquíssimos para a esposa, ao passo que Iago escolhera viver como um mendigo extraviado.

Ela teve de engolir a autocomiseração no instante seguinte, quando estendeu a embalagem, a caixinha bordô com letras douradas, D Joias em relevo, e o homem tocou no pacote somente para empurrá-lo de volta em sua direção, dizendo: "Para uma mulher fabulosa". Em seguida, levantou-se e saiu, com o presente das gêmeas. Quando voltou, na semana seguinte, Diana estava usando o conjunto; nunca deixou de usá-lo, e, com Miriam, às vezes lamentava que fosse uma peça única e "sentimental", porque muitas outras pessoas, ao verem os rubis e topázios expostos assim, queriam comprá-los.

Houve, portanto, satisfações que ultrapassavam a vaidade comercial, a sensação de ser uma mulher útil, além de fabulosa (ela completava mentalmente, sorrindo com o elogio que fora também um presente e seguia colado nela). Diana comentou com Noêmia que o lado empreendedor da família surgia nela agora, nunca imaginara ter tanta garra para os negócios — e detalhava com a avó sua rotina cheia de compromissos com fornecedores, mais a obrigação dos balanços diários para verificar se não lhe roubavam, porque alguns pingentes de três centímetros podiam custar até dez salários. Por causa disso, as vendedoras eram obrigadas a mostrar as joias em bandejas, jamais deixando-as com os clientes sem supervisão.

Ela recordava casos de gente que entrava na loja com a maior desfaçatez, segurando livros nos braços apenas para facilitar o furto, as correntes que escorregavam para dentro das páginas, os anéis desaparecidos em bolsos ou sacolas. Como se não bastassem aqueles prejuízos, os custos com o aluguel e o fundo de promoção de propaganda, pago periodicamente ao shopping, eram despesas que nunca deixavam grande folga para os lucros.

Noêmia, que nunca trabalhara em toda a vida, insistia nos velhos conselhos durante os telefonemas: Diana estava exagerando, não se podia fazer pelo dinheiro mais do que o dinheiro fazia por nós, e será que ela estava saudável com tanta correria? Se fosse pensar direito, não precisava se sacrificar tanto, na verdade não precisava se sacrificar *de jeito nenhum* — e, nessa altura, a avó exigia que Diana respondesse se lembrava daquilo realmente. Diana dizia "sim, claro", e passava a combinar sua próxima visita, precisava ir a São Paulo para uma das feiras do ramo joalheiro. Noêmia então se entusiasmava, anotava datas, horário em que o motorista seria enviado ao aeroporto, vibrava com os passeios e jantares na companhia da neta preferida.

Em várias dessas viagens, Salete e Thalia acompanharam a mãe: se a feira coincidia com um período de férias, lá iam as três para o encontro familiar paulistano. A presença das meninas facilitava a Diana escapar para resolver os próprios interesses enquanto tios e primos circulavam pela casa de Noêmia. Ela aproveitava para gastar horas na Barão de Paranapiacaba, adquirindo mercadorias no atacadão, sem nota fiscal, enquanto os familiares aplacavam a curiosidade, sobretudo em relação a Iago e ao divórcio, temas que as esposas daqueles tios não se cansavam de revirar e, na ausência de Diana, exploravam com as meninas. Mas as respostas de Salete ou Thalia não eram nada vibrantes; elas apenas se detinham em listar os locais do percurso de Iago, recitavam informações neutras que o pai fornecia por cartas — o fato, por exemplo, de que poucas coisas podiam ser mais impressionantes do que as figuras da Ilha de Páscoa ou do platô de Nazca. Nada que se comparasse ao relato vindo de Diana, que com certeza destilaria os maiores venenos ao comentar as peregrinações do ex-marido, e em seu tom amargo as tias afins encontrariam um tipo de consolo, um anteparo de lucidez que podia restaurar a sensação de ordem diante do caso misterioso que era Iago, um caso que assombrava a todas, porque parecia acenar com a hipótese de que seus próprios maridos um dia fizessem o mesmo, enlouquecessem rumo a uma fuga espiritual.

Na verdade, não havia nada mais distante do que as viagens de Diana e as de Iago, e as primeiras estavam classificadas como normais por todas aquelas pessoas que entendiam a razão de se deslocar em busca de dinheiro, produtos a serem vendidos, comercializados, revertidos em lucro. Em dezembro de 1992, quando Diana visitou São Paulo com as filhas para passar o Natal com Noêmia — o último em que estariam juntas —, o grande assunto das conversas foi sua ida à Itália, dois meses antes. Ela teve de repetir, para uma plateia de familiares em torno da ceia, todos os detalhes divertidos que já havia contado às filhas e à avó, por telefone, algumas vezes.

O avião, lotado de gente especialmente destinada àquele evento de joalheiros em Vicenza, estava cheio de sacoleiras chiques, mulheres que não pagavam imposto nem funcionários e, portanto, ganhavam muito mais que Diana — e enquanto ela viajava tentando decorar algumas frases de apresentação em italiano com a ajuda de um livrinho básico, as sacoleiras pediam espumante às aeromoças romanas, com a maior naturalidade. No evento, aquelas mulheres encheram carrinhos de joias, sem parar nenhum instante para converter a moeda e saber quanto de fato gastariam; estavam interessadas apenas em adquirir, acumular peças com o arrojado design italiano, lotar sacolas que depois venderiam em hotéis ou entre clientes ricos — "Como qualquer um de vocês!", Diana completou, abrindo os braços para abranger toda a família em torno da mesa. Às risadas, seguiu-se uma indagação: por acaso, uma das esposas de um tio queria saber se Diana não tinha ali algumas das joias compradas em Vicenza, que podiam lhe interessar, e de imediato outras duas esposas já concordavam com a cabeça, elas também se interessavam... Mas Noêmia cortou o entusiasmo com uma frase: "Minha neta é empresária, não sacoleira!", encerrando assim o assunto, que então depois foi passando, muito discretamente, ao tópico habitual. Durante a sobremesa, já se ouviam os cochichos de sempre sobre Iago, e como ele afinal pudera abandonar tudo. Era incompreensível, um enigma que não se podia justificar.

6.

Iago retornou ao Brasil em setembro de 1993, bem depois do que prometera, e isso não fez com que retomasse o padrão de uma vida comum. Continuou viajando pelo país, embora com menos frequência. Passou uma longa temporada com Jacinta, em Canindé, e antes disso resolveu se hospedar por algumas semanas com a irmã mais velha, Ivone, que morava em Recife, na casa que antigamente pertencera aos seus pais. A casa estava bastante deteriorada, e tanto Jamile quanto Jacinta eram da opinião de que se deveria vendê-la, mas Ivone não aceitava a perspectiva de se desfazer daquele velho depósito de lembranças.

Iago respondia que para ele tanto fazia, qualquer decisão seria acertada, pois todas tinham razão, apenas olhavam por diferentes pontos de vista. Ivone, que mesmo após ter largado os votos religiosos continuava com o ar severo do convento, exigia que Iago tomasse partido e se comprometesse com alguma coisa, com um argumento pelo menos, conforme dizia. O irmão nessa hora levantava o olhar tristonho, as bochechas muito flácidas. Apesar de os confrontos serem proveitosos para testar sua paciência e, por extensão, sua espiritualidade, aquela estada não durou o tempo que Iago pretendera; em poucos dias ele pareceu reativar uma doença intestinal adquirida na Índia, razão pela qual o mais saudável seria sair dali. Enquanto ficou na casa, Ivone lhe pedira que consertasse pias e sanitários, ele teve de subir no telhado para averiguar goteiras e quase se intoxicou ao aplicar veneno para cupim nuns armários. "Se eu ficasse lá também, a tia Stálin ia me pegar para empregada", disse Thalia, quando o pai lhe contou a respeito. Ele fez "Pssst!", mas não conteve o riso. Estavam os dois então na casa de Jacinta, uma alma pacífica, como todos costumavam dizer — mas a irmã do meio poderia não gostar de ouvir o apelido da mais velha, apelido que fora cunhado por Jamile, a caçula, que inclusive chegara a chamar Ivone de Ióssif, nos momentos mais inspirados.

Thalia de algum modo (provavelmente através do próprio Iago) soube daquele nome e o considerou perfeito. Ele se ajustava com a aparência da tia, o grande nariz e as sobrancelhas triangulares, os lábios finos. Numa foto da época do convento, quando os cabelos deviam ficar presos e escondidos, seu rosto podia ser perfeitamente confundido com o do ditador, faltando apenas o bigode. Mas Ivone encarnava aquela figura especialmente pela maneira de ser, as regras implacáveis que impunha sobre a ação alheia, a fiscalização permanente dos costumes, do que se deve e do que não se pode fazer. Quando Thalia e Salete eram crianças e a tia as visitava, vinha como uma espécie de fada às avessas, alguém que trazia críticas no lugar de presentes. Condenava os gibis que encontrava pela casa, dizendo a Diana que não se podia dar um lixo pervertido para as garotas lerem, além do acesso diário à televisão — e já não estava na idade de Salete usar sutiã? Talvez Thalia pudesse parar com os doces para emagrecer um pouquinho, estava ficando uma bola, aquela menina...

Depois do divórcio, as visitas se interromperam em definitivo. Ivone continuou recebendo notícias de Iago, que mandava cartões-postais e lhe telefonava no dia do aniversário — mas ela guardava amargura pelo fato de que o irmão nunca, nem por uma vez sequer, mencionasse os pais ou lembrasse a data da morte deles, tão repentina e brutal. Imediatamente depois do acidente que vitimou Inácio e Cecília, ela decidira sair do convento, insistindo na necessidade de cuidar da casa no Recife e, ao mesmo tempo, dando a entender que sua atitude era uma espécie de desvario, uma perturbação que o luto lhe impusera.

A verdade é que Ivone se tornara freira por uma promessa feita por sua mãe; nunca tivera a mais leve inclinação para estudos místicos, embora o ambiente religioso lhe servisse muito bem, criando o tipo de fermento raivoso que ela gostava de direcionar contra o mundo. Podia ser implacavelmente severa com as crianças do Orfanato Jesus Maria José, que o convento auxiliava; podia castigá-las com palmadas que ninguém depois acusaria de gratuitas. Precisava obedecer a uma hierarquia que lhe exigia submissão a padres, bispos ou madres superioras, mas o alcance do seu poder era satisfatório, e durante a década em que esteve a serviço de Deus descobriu também que se interessava por algumas mulheres, as mais tímidas e passivas, jovens que chegavam como aprendizes dentro da série de cursos que o convento fornecia à comunidade. Para ela, todas as mulheres deviam se comportar assim, num espectro de doçura que as fizesse se movimentar das formas mais restritas, andando com a leveza de uma flor que o vento nem parece tocar — ela disse a Fátima, quando a conheceu num curso de cuidados neonatais.

Muitas garotas ali se preparavam para o exame de assistente de enfermagem e, antes que arriscassem entrar num hospital para qualquer ação prática, precisavam ter uma noção mínima de como pegar num bebê, como manipular um prematuro sem machucá-lo fatalmente. A irmã Eveline fazia demonstrações com um boneco de plástico, esclarecendo ao grupo de dez ou doze adolescentes, quase todas mal instruídas, detalhes básicos que nenhuma enfermeira ou médico teria a paciência de explicar. Ivone observava a distância e, durante as poucas horas que o curso durou, não conseguiu tirar os olhos de Fátima. As outras meninas se despetalavam na ventania, eram desleixadas, bruscas, pareciam varridas por ímpetos confusos: apenas Fátima se portava da maneira adequada, disse, e a menina sorriu com o elogio, enquanto a freira a seguia.

Andaram juntas até a casa de Fátima, e durante longos quarteirões Ivone fez silêncio, fazendo de conta que iam a passeio, do seu lado a pessoa que pretendia levar por inúmeras calçadas, para uma caminhada que não terminaria nunca, muito menos diante de uma casinha feia com vários ruídos domésticos atrás da porta. Sem saber como se despedir, a freira segurou a mão da garota e disse que ela podia procurá-la — *para qualquer coisa*, frisou. Depois, enquanto dava as costas e saía com rapidez para disfarçar o desejo, martirizou-se mentalmente por ter sido leviana. Entretanto, talvez o fato de ter acompanhado Fátima até sua casa fosse interpretado como um cuidado religioso, um gesto que os pais da menina veriam como gentileza, e ponto-final.

A ideia do final lhe cortou a respiração. Ivone teve de se apoiar num muro, para recuperar o fôlego. A chance de tornar a ver Fátima era nula, a não ser que voltasse ao seu endereço com um pretexto qualquer, e isso, sim, seria considerado estranho. Poderia também rondar pelas imediações, provocar um encontro fortuito, mas nesse caso diria o quê? Ivone continuou seu percurso de volta ao convento, e durante o resto do dia se pôs a revirar situações em que Fátima estaria perto dela. Na tarde seguinte, porém, um fato interrompeu suas fantasias: a materialização da garota, na capelinha, à sua espera. Com voz muito baixa, ela confessou que talvez estivesse *encrencada*, e, como

Ivone se pôs disponível, ela pensava (levantou os olhos e encarou a freira com apreensão), pensava que Ivone poderia ouvi-la
(lágrimas empoçaram sutilmente aqueles olhos) e até ajudá-la,
se fosse o caso.

Ivone imediatamente a puxou para um dos bancos, sentou-
-se a seu lado e ouviu. Nem sequer passou pela sua cabeça indicar um confessor, pessoa que seria mais apropriada à escuta. Ela
queria ouvir tudo o que Fátima pudesse contar, queria receber
sua voz fraca hesitando em várias partes do relato, e depois conti-
nuando, incentivada por um aperto que a freira daria em seu ombro. A estranha boneca funcionou assim, empurrada pela pressão, o estímulo da mão de Ivone acionando a voz pelo toque no
ombro sempre que o fluxo de palavras se interrompia. Mas, por
mais que Ivone bombeasse por cinco ou seis vezes aquele ponto,
sabia que não adiantava continuar após certo momento, porque
a história teria acabado. Quando Fátima disse que sua menstruação estava há mais de um mês atrasada, ela soube que agora lhe
cabia falar.

Não foi fácil. O seu desejo era deixar a menina no banco e
correr dali. Uma parte dos seus pensamentos gritava obscenida-
des contra a garota, ridicularizava a impressão inicial, extremamente falsa, de pureza e candura — e dizia coisas irônicas contra a própria Ivone, freira patética que se deixava enganar por
uma menina igual a todas as outras, um ser em transição para a
lama, aos dezessete anos já metida com sexo e toda a sujeira possível. Mas a outra parte, que não era bem de pensamentos, pois
funcionava com base em sensações, a outra parte de Ivone se
mantinha num eixo calmo, fazendo com que ela permanecesse
sentada, sentindo o cheiro do pescoço da menina, inclusive se
aproximando mais, como se fosse segredar algo em seu ouvido.
E quando estava a poucos centímetros de encostar os lábios na

orelha esquerda de Fátima, Ivone disse que ela não se preocupasse. Iam resolver aquilo.

A menina se despediu sem pedir detalhes da solução prometida. E as lágrimas, agora já deslizantes por seu rosto, garantiram que Ivone apenas sorrisse, contendo o impulso de lhe dar uma surra, conforme parte de sua mente sugeria. Os dias subsequentes ao encontro foram igualmente dúbios, a freira dividindo-se entre fúrias silenciosas, nas quais planejava ir à casa de Fátima e contar tudo para os seus pais, ou (numa opção que soava melhor) encontrar o tal namorado responsável pela gravidez e matá-lo. Entretanto, no minuto seguinte Ivone desistia dos planos vingativos para se concentrar na *ajuda*. Não estava claro o que Fátima pretendia fazer. Aos dezessete anos, seria provável que pensasse em aborto — mas por que então fez o curso de cuidados neonatais? Estaria mesmo interessada numa formação em enfermagem, e a gravidez foi apenas uma circunstância paralela? Ou achava que no curso alguém por acaso iria mencionar abortivos? Mas não fazia sentido, numa aula sobre bebês… a menos que Fátima estivesse ali para saber os cuidados que nunca teria com o próprio filho, porque a verdadeira intenção era que ele morresse de um modo que parecesse acidental.

As hipóteses pendiam para a ideia de que Fátima queria, sim, livrar-se do bebê. E agora que Ivone prometera resolver a situação, a garota provavelmente aguardava um remédio, poção ou erva qualquer. Irmã Eveline, que cuidava das plantas no convento, com certeza saberia recomendar algo — e Ivone já se via diante dela, tendo de argumentar com uma freira que talvez não entendesse sua interferência e fosse acusá-la de pecado, inclusive porque Eveline, além de responsável pelo curso sobre cuidados neonatais, também tomava conta de crianças pequenas no Jesus Maria José. Ao se lembrar do orfanato, Ivone suspirou. E se Fátima estivesse considerando que sua ajuda seria um futuro abrigo para o filho que ela não teria como manter? Seria mais provável que pensasse numa freira propondo aquela saída, um lar adotivo para o bebê, em vez de um abortivo que o extinguiria.

Não lhe restava senão esperar para saber mais detalhes do que a jovem pretendia. E por enquanto cautela: nada de falar com Eveline. Ivone aguentou por uma semana; na outra, sua ansiedade era muito grande para conter. Foi até a casa de Fátima. Chegou bem na hora em que ela estava saindo, segurando um recipiente com fatias de bolo para vender. Ao seu lado, uma menina menor, de uns dez ou onze anos, parecida com ela, levava duas garrafas de café. Fátima abriu um largo sorriso ao ver Ivone: "Oi! Vamos até a praça! Vem com a gente?". Ela acompanhou as duas, andando um pouco atrás e sentindo-se uma espécie de corvo a esvoaçar sobre as garotas, a versão bizarra de um Chapeuzinho Vermelho em que o lobo se transformava numa criatura cheia de panos, véus e crucifixo.

Logo que se sentaram num dos bancos da praça, Ivone fez questão de comprar a primeira fatia de bolo, que comeu com o café servido pela menina menor, num copinho de plástico. O café estava excessivamente doce, mas o bolo era de fato uma delícia, quentinho e fofo. Outras pessoas se aproximaram, atraídas pela comida, e quase todo mundo ficava por ali mesmo, comendo e conversando.

Ivone demorou o quanto podia no meio daquele grupo ruidoso, esperando a chance de falar com Fátima a sós. Depois de meia hora, porém, lembrou que precisava voltar para a missa, levantou-se e estendeu a mão à menina. "Passe no convento para me dizer como você vai", falou com o tom mais neutro possível, como se fosse uma conselheira interessada em questões de progresso espiritual. Por um milésimo de segundo Fátima a encarou hesitante, mas logo em seguida respondeu: "Ah, tudo já se resolveu!". "Que bom, que bom", murmurou Ivone

enquanto saía, sabendo que no caminho de retorno iria se ator-
mentar com as várias hipóteses que a frase envolvia. Fátima
não estava mais grávida, tinha abortado espontaneamente, ou
continuava grávida e a família tinha acolhido a ideia, ou iria se
casar com o namorado, ou havia arrumado pais substitutos para
o filho... Mas não importava como o problema se resolvera;
isso significava que Ivone não tinha mais serventia, nenhum
tipo de auxílio a fornecer, e por que Fátima voltaria ao convento para vê-la?

Entretanto ela apareceu poucos dias depois, com um bolo
feito especialmente para Ivone. Um presente para agradecer a
acolhida, a compreensão com que a freira se dispusera a ajudá-
-la. Havia, porém, algo mais em seu olhar? Um brilho permissi-
vo, uma aceitação de iniciativas que outra garota poderia considerar impróprias? Antes de se entregar àquela direção dos
pensamentos, Ivone precisava saber o que tinha acontecido afinal. "Foi um alarme falso, a menstruação veio", disse Fátima.
Sua leveza podia apenas indicar uma displicência de juventude, a irresponsabilidade de alguém que não sabe nada da vida,
nada do que pode ameaçá-la. Mas havia ali um grau que elimi-
nava a ideia de um comportamento meramente ingênuo; talvez
ela soubesse muito mais do que fazia crer, talvez soubesse profundamente a respeito dos perigos e desastres que podiam arrui-
nar seu destino. Ela só não se desesperava — porque, aliás, de
que adiantaria?

Se a atitude de Fátima representava ignorância ou frieza,
Ivone nunca entendeu. Por enquanto o problema da garota estava resolvido, mas ela continuava sendo uma vadia, conforme um
dos lados mentais de Ivone acusava — ou, mesmo que não fosse
uma grande promíscua, havia se deitado com um homem, portanto, *gostava* de homens. Porém, aos dezessete anos, quem sabe
do que gosta de fato? A freira ia e vinha com novos motivos de

frustração ou consolo ao longo dos meses em que Fátima frequentou o convento, visitando-a com seus bolos, que faziam um crescente sucesso entre as residentes. Na altura em que Ivone ponderava se devia de fato avançar rumo a um gesto mais consistente, pegar a garota em suas mãos e abraçá-la de corpo inteiro, por exemplo, ou quem sabe debruçá-la sobre a cama, quando as duas estavam sozinhas no quarto, conversando sobre a família de Fátima, as numerosas brincadeiras que suas três irmãs, todas menores, aprontavam diariamente — num desses dias em que Ivone se debatia com um fogo interno que quase podia sufocá-la, uma labareda que era o próprio sinal do inferno que lhe ia por dentro, na tarde em que, pouco antes do horário de Fátima chegar, ela enfim decidiu tomar uma atitude, interromper o falatório da menina no meio de fatias de bolo e xícaras de chá para beijá-la, veio a trágica notícia.

Era o voo em que Inácio e Cecília estavam. Jacinta mal conseguia falar, a voz entrecortada na ligação interurbana. À medida que as palavras surgiam, confusas, Ivone tentava lembrar se ela própria, como irmã mais velha de Jacinta, Iago e Jamile, um dia teve aquela impressão divertida com que Fátima olhava para as crianças em sua casa, a condescendência de acompanhar o crescimento de seres tão próximos a ela mesma, espécies de variantes de sua vida, modelos alternativos de aparência e temperamento, Jacinta, a mais tranquila e parecida com sua mãe, Cecília; Iago, o atlético que não parava quieto um só instante; e Jamile, bebezinha quando Ivone entrara no convento, alguém que cresceu distante e, de acordo com seu pai, Inácio, dando muita preocupação pelo caráter disperso.

Agora Jamile provavelmente ficaria com Jacinta, morando em Canindé; tinha a mesma idade de Fátima, recordou Ivone, e por um momento imaginou se ainda sentiria a labareda no pescoço caso não tivesse feito os votos religiosos tantos anos antes, se tivesse acompanhado o crescimento da irmã caçula com idade de ser sua filha, um bebê seu tanto quanto a hipotética criatura que virara um alarme falso na vida de Fátima. Se o tempo transcorresse de outra maneira, com Ivone sendo uma mãe postiça para Jamile, ou ao menos acompanhando de modo íntimo demais o progresso de uma garota, suas teimosias e birras, seus desastres e pequenas maldades, em tantas etapas até chegar àquela idade — ainda sentiria o fogo, o desejo projetado sobre uma mulher tão jovem?

Ela desligou o telefone e, quando saiu da cabine, com os olhos empoçados, recebeu sua resposta. Fátima vinha andando em sua direção, e à medida que se aproximava Ivone pareceu desmoronar, como se cada passo da garota a dobrasse, quebrasse seu corpo numa chicotada. Fátima tocou o seu ombro, e por um triz a freira não caiu no chão; Fátima precisou ampará-la até o quarto ali perto, e durante o choro absurdo que se seguiu Ivone recebeu tapinhas nas costas, um conforto banal que entretanto se mostrou eficiente para que, aos poucos, ela recobrasse a calma, começasse inclusive a ter um pouco de vergonha. Procurava agora lenços para enxugar e esconder o rosto. Fátima lhe estendeu um guardanapo, mas de repente mudou de ideia, não deixou que Ivone o pegasse; em vez disso, precipitou o próprio rosto em sua direção, beijou-a com breves toques nas bochechas, mas logo escorregou para os lábios, depois voltando às faces, lambendo as lágrimas para confundi-las com saliva, e nessa hora Ivone também a beijava ou bebia, não sabia a diferença, o rosto de uma virava uma taça para a outra, uma massa inflamada, uma brasa de carne sôfrega.

Tornaram-se amantes, e Ivone não viu mais sentido em continuar no convento. A casa dos pais no Recife seria vendida sumariamente se ela não a ocupasse — e, assim, sob o pretexto de preservar o patrimônio da família, ela largou os votos religiosos e se mudou com Fátima, para todos os efeitos uma menina que ela ajudava, uma jovem muito talentosa e necessitada de apoio enquanto abria o próprio negócio. Anos depois, durante a visita de Iago, já não havia necessidade de manter as aparências, porém a ex-freira continuava insistindo em não demonstrar afetos públicos, sequer diante do irmão, que pouco se importava com as decisões íntimas alheias. Apesar disso Ivone prosseguia com as mentiras, o que era um pecado por cima do outro, sem falar na hipocrisia, conforme disse Jamile certa vez, a crítica bastando para desencadear o repúdio da irmã mais velha, que desde então cortou relações com ela. Fátima também não se sentia confortável fazendo de conta que era apenas uma amiga, mas entendeu que Iago, com seu eterno ar distraído, nem perceberia as regras que Ivone tão bravamente se impunha. Tinha sido bem mais difícil no passado, quando precisou explicar aos seus pais por que mudava, partindo para morar com uma ex-freira que daria aulas particulares de português enquanto ela, Fátima, desistia da ideia de trabalhar num hospital para criar uma pequena loja de bolos.

De fato, o único local da casa que não parecia estar em ruínas era a cozinha. Com um fogão bem grande e um forno extra, o espaço — felizmente amplo — ainda contava com uma longa bancada ao lado da despensa, cheia de utensílios de culinária, mantimentos, fôrmas de diversos tamanhos e materiais para embalagem. Fátima era impecável com a manutenção por ali, mas naturalmente não podia dar conta da casa toda, explicou, quase a ponto de sugerir que vender o imóvel seria uma boa ideia. Ivone, entretanto, cortou sua frase, dizendo que aquilo não era responsabilidade dela.

Antes que se desenvolvesse uma conversa inflamada, Iago se afastou. Sua visita chegava ao fim sem nenhuma desavença de fato — mas ele sentia que era melhor não esticar. Mencionou os sintomas de sua velha doença intestinal e disse que estava interessado num vipassana, um retiro silencioso que iria acontecer em Petrópolis dali a poucos dias. Portanto, juntando os dois motivos estava de partida, um tanto apressada, sim, mas com extrema gratidão e felicidade por ter revisto a irmã e Fátima, a cozinheira mais talentosa que ele conhecia.

Iago nunca mentia. Quando se sentia confrontado com a pressão de dizer algo que soaria agressivo, ele calava. Deixava as bochechas murcharem, caía na mudez pensativa e acabrunhada que tinha visto em tantos mestres espirituais — mas nunca dizia o contrário do que pensava ou acreditava ser sincero. Assim, ele realmente foi passar um mês no vipassana, período em que seu intestino se recuperou tanto quanto o resto de seu corpo, e os seus nervos, tão desgastados pelos inúmeros ruídos acumulados ao longo de sua viagem infinita, puderam descansar como se voltassem à fase mais fresca do início da vida, quando o silêncio é matéria essencial.

Depois de Petrópolis, ele vagou em direção à Bahia, frequentando centros zen-budistas sempre que os achava, mas na falta deles também entrava em reuniões espíritas ou terreiros de umbanda. Sentia uma incessante fome espiritual, explicou para Thalia, no telefonema dado logo após sair do vipassana. Sua voz ainda estava rouca, embolada com as articulações, a língua lentamente se readaptando às funções fônicas — mas não, ele não estava embriagado, disse à filha, desde a época da adolescência não tomava um porre e nem sentia falta, apenas tinha ficado um mês silencioso, e se havia embriaguez nisso era de uma outra espécie, desconhecida à maioria das pessoas. Mas a fome — ele voltou a falar, e notou curioso que sobrepunha essa ideia à perspectiva da sede, sugerida na suspeita de Thalia —, a fome espiritual que sentia era a busca por algo sólido, uma verdade que pudesse lhe pesar em definitivo, empanturrá-lo um dia a ponto de ele se sentir plenamente satisfeito com a vida. "Um barrigão espiritual", falou, e ouviu que a filha ria do outro lado. Sua voz já estava límpida quando acrescentou que queria muito vê-la, estava com saudade.

7.

Era maio de 1994, quando Thalia faltou uma semana inteira de aulas no primeiro semestre do curso de letras para rever o
pai. Salete, como previsto, não quis acompanhá-la na viagem de
ônibus: argumentou que tinha estágios da fisioterapia, práticas
que depois não conseguiria repor e eram decisivas para que se
tornasse boa profissional, num futuro muito próximo. A verdade
é que a irmã continuava concordando com Diana, reprisando
sua energia negativa contra a família de Iago, e ainda que durante aquela visita apenas Jacinta fosse estar presente (pois Jamile, o
grande pivô, morava agora em Portugal), o próprio Iago parecia
não merecer o sacrifício de deslocamento de suas filhas até
ele — pois o que tinha feito por elas, durante sete anos, em termos concretos?

Diana não atualizara os velhos comentários e queixas, mas
ainda assim Salete temia desapontá-la. Na época a mãe estava
envolvida num relacionamento que parecia um segundo matrimônio, passando cada vez menos horas na própria casa, conci-
liando o expediente entre a loja e o namoro com um viúvo, que

prometia ser uma coisa séria após tantas relações que foram, de um modo ou de outro, meros passatempos. O engenheiro Célio Pacheco andava pelos cinquenta anos, mas podia ser bem mais velho pelo jeito monótono, cheio de conversas chatíssimas que Salete e Thalia não suportavam. As duas imploraram que a mãe ficasse pela casa do viúvo, em vez de levá-lo para a casa delas, e assim o namoro forçava Diana a longas ausências, que davam às filhas a sensação de serem agora colegas universitárias, duas jovens independentes que moravam juntas e se ajudavam. Entretanto Salete pressentia que a estrutura não ia durar, a relação com o tal Pacheco podia desmoronar a qualquer momento, e ela precisava estar ali para que a mãe não se sentisse abandonada ao retornar. Suas previsões se mostraram corretas, embora nada tenha acontecido durante aquela semana em maio. Salete teria acompanhado a irmã mais nova sem nenhuma consequência, se houvesse dito sim à viagem.

Apenas Thalia partiu, e apesar de passar uma parte do trajeto com ranço, raiva mesmo da submissão que Salete demonstrava aos desejos da mãe, no fim aproveitou a liberdade de viajar num intermunicipal sozinha pela primeira vez. Enquanto esteve sentada na poltrona, olhando a paisagem pela janela, fantasiou motivos alternativos para estar ali, imaginando que um vizinho de veículo poderia olhá-la e supor a razão para o seu deslocamento, algo em torno de compromissos profissionais, aventuras amorosas ou turismo ao acaso. Pensou inclusive numa viagem artística, a convite de festivais, e foi no ônibus que teve a impressão de formular, num modo inédito para si mesma, a perspectiva das turnês que mais tarde faria.

Thalia não tinha ensaiado uma única peça naquela altura, a Companhia Palavra Cênica seria criada no semestre seguinte, e ela ainda não conhecia Valério, não suspeitava que faria uma disciplina sobre tragédias clássicas ao lado de um rapaz destinado a ser o seu diretor teatral. Mas, entrando em Canindé, quando decidiu que a suposta turnê jamais envolveria música, pois continuava desafinada e nunca aprendera a tocar um instrumento, Thalia pulou mentalmente para uma nova opção em matéria de palcos. Viu-se do lado interno de uma pesada cortina vermelha prestes a abrir e, ao descer na rodoviária onde seu pai a esperava, deu-se conta de que o nome dele estava numa peça shakespeariana — o que lhe pareceu um belo presságio.

As aventuras de Iago não podiam ser contadas de forma cronológica, eles perceberam logo que sentaram na sala de Jacinta, com a tia sorrindo amistosa em meio às almofadas que costumava bordar. Tantos anos e países tornaram o percurso impossível de ser recuperado, e Iago parecia submerso numa dimensão irreal. Mal conseguia acreditar que o mundo havia continuado em seu ritmo — cada pessoa com uma vida só, ao passo que ele se sentia desdobrado, um ancião, por atravessar centenas de destinos viáveis, cada caminho uma guinada, uma chance de nunca mais voltar. E entretanto ali estava, junto com a sua família, sem que nada de essencial tivesse acabado.

Iago espalhou fragmentos. Depois da sua partida rumo ao sudoeste da Índia, seria preciso um caleidoscópio para mostrar as belezas, os contrastes de tudo que passou por suas retinas. Thalia o imaginou banhado pelo mar da Arábia, passeando por Thiruvananthapuram, visitando templos, lendo trechos do *Aitareya Aranyaka* traduzidos para o inglês. Ele pegou uma bactéria intestinal por lá, apesar de a cidade ser muito limpa, "totalmente fora dos padrões indianos", como disse. Foi declarado curado, mas ainda guardava a impressão de que a doença era cíclica, voltava para acompanhá-lo. Talvez inclusive ela fosse a memória mais consistente que trazia, porque de repente já não sabia o que dizer, olhava para Jacinta e Thalia com expressão cansada. Devia na sequência falar sobre o Luristão e as ilhas Cíclades, recordou

Jacinta, com uma cotovelada estimulante. Mas Iago suspirou: ainda que tivesse diante de si um filme exibindo cada etapa de sua viagem, não lembraria sequer a metade. Locais onde habitou por semanas desapareciam da lembrança. Era uma defesa psíquica, para não ser esmagado por tamanha existência.

Ficaram os três por um momento tristes e reservados, mas então a filha insistiu, pediu que ele contasse a respeito da Namíbia, a temporada que descreveu por cartas quando ela tinha doze anos, e Iago respondeu sorrindo, relaxou a face. Sim, tinha ido estudar os escaravelhos tenebrionídeos que habitam a Costa dos Esqueletos. Tudo porque um biólogo havia decidido contratá-lo como auxiliar, naquele trabalho onde ficou por alguns meses antes de seguir para o Egito. Mas ele não recordava a imagem que tinha enviado na correspondência, uma foto onde posava com um órix. Thalia sentiu dificuldade em reconhecer o pai no indivíduo barbudo, de óculos escuros, com roupas de cor cáqui. Podia ser um homem qualquer sorrindo ao lado do animal exótico, uma espécie de antílope com chifres como duas espadas e uma cara bem maquiada. Um exagero de rímel, ela disse então, e Diana riu ao seu lado, mas imediatamente reparou que Iago havia escrito na própria superfície da foto, puxando uma seta para acrescentar numa margem: guelengue-do-deserto. Era outro nome para o órix, mas isso também parecia um excesso de rímel, uma vaidade grotesca de Iago, falou Diana. Não era justo jogar tanta informação na cabeça de uma criança.

Seria possível que o pai fosse um vaidoso e agora não estivesse animado a requentar suas histórias, revisitá-las quando tinham perdido a força? Ou estaria deprimido por voltar à estaca zero, retornando para o Brasil e, ainda mais, para a cidade onde nasceu e passou a infância? Talvez o círculo que se fechava gerasse uma tristeza incomunicável, ou talvez o silêncio do vipassana continuasse como uma ordem íntima, barrando o seu fluxo narrativo.

O fato é que ele pouco avançou nas trocas com a filha e, conforme Thalia, foi até indelicado. Aconteceu quando ela perguntou se ele se apaixonara por alguém.

Iago respondeu de modo vago. Thalia pressionou; depois de Diana, não houve ninguém? Ele então lhe falou sobre Grace, uma inglesa em ano sabático, muito jovem ainda, recém-formada em artes. Conheceram-se na praça Jemaa el-Fna, em Marraquexe, quando circulavam entre dentistas que ofereciam seus serviços, encantadores de cobras e vendedores de macacos escravizados, de repente notando que ficavam sempre um ao lado do outro, parados diante das mesmas atrações, escolhidas por coincidências instintivas. Acabaram sorrindo, cúmplices, ao perceber os próprios rostos se repetindo em meio ao comércio fervilhante, ansioso por extorquir turistas — e o passo seguinte foi se falarem. A conversa durou horas, durante as quais transitaram por dezenas de ruas labirínticas, perdendo-se ao longo de vielas onde decidiam parar num bar ou restaurante, que sempre funcionava em algum terraço, e do topo das casas permaneceram falando sobre suas vidas, diante da cidade cor de barro.

Rumaram juntos para Chefchaouen, a cidade azul do Marrocos. Tiveram um amor intenso, rompido quando Iago decidiu que precisava continuar seu périplo. Para ele não tinha sentido rumar para Londres, tudo o que menos queria era uma capital europeia; planejava, ao contrário, ir do Marrocos ao Líbano, e do Líbano ao Irã. Grace disse que até poderia prolongar sua estada, resistir um pouco mais à pressão dos pais para que voltasse e arrumasse um emprego, mas aqueles países estavam fora de cogitação. E realmente Iago sabia, embora não tenha admitido para Thalia, sequer para Grace, na época, que só um homem podia fazer com desenvoltura tantas viagens, um homem e jamais uma mulher, mesmo que ela o acompanhasse. Por mais corajosa que fosse, simplesmente não deixariam que entrasse em determinados locais, templos ou áreas marginais, feiras ou zonas onde a riqueza sociológica abundava. Um risco pairava eternamente sobre as cabeças femininas que circulassem ingênuas, desconhecendo as práticas de um lugar, ofendendo costumes sem saber, ou provocando o desejo de posse bestial na mente de homens para os quais elas não passavam de criaturas feitas para o abate. Diana, portanto, estava certa: havia um privilégio invencível na condição masculina — e não somente por Iago ter partido sem qualquer tipo de culpa ou responsabilidade em relação às filhas. Uma de suas filhas, se quisesse repetir o seu trajeto, jamais conseguiria. A sociedade se fechava, carnívora, sobre as mulheres que se arriscavam.

Thalia chegara ali, encontrando o pai como se apertasse numa espécie de nó o roteiro de suas vidas, mas o fato é que as estradas não coincidiam, não havia ponto de encontro. Cada pessoa sempre anda por seu próprio lugar, exclusivo — e, em certa medida, os dois eram tão impenetráveis e desconhecidos um para o outro quanto indivíduos num território devastado. Não era assim, dentro dessa estranheza quase total, que Iago lhe devolvia a pergunta? Questionava a filha sobre os seus amores, embora muito mais por uma regra de educação que leva a considerar conversas como troca mútua e não confessionalismo unilateral. Mas ouvia a contragosto, sem qualquer interesse enquanto Thalia falava sobre seus namoros rápidos. Ia assentindo, esperando apenas que ela terminasse para perguntar sobre Salete; não podia parecer que excluía a outra filha das lembranças.

Thalia hesitou. A irmã seria muito pudica ou medrosa, não sabia ao certo. Afastava-se dos homens com um risinho nervoso, evitava-os como se fossem criaturas perigosas. Era possível que gostasse de garotas mas ainda não houvesse admitido: Thalia entretanto calou essa hipótese, pois sabia que Iago traria à mente a própria irmã, Ivone, e de repente lhe pareceu horrível, da maneira que fosse, assimilar as duas, Salete, um cristal, posta ao lado do abutre cheio de amargura que era a tia Stálin. Preferiu guiar o curso da conversa de volta para seu pai, perguntando se ele se arrependia do divórcio, se sentia falta de Diana, ou tristeza ao pensar no casamento desfeito. Iago demorou antes de responder, impondo um silêncio de atravessar minutos, tantos minutos que Thalia quase concluiu que ficaria sem resposta. Mas enquanto ela oscilava entre insistir ou simplesmente ir embora, enquanto fermentava em suas pernas o impulso de se levantar ofendida, porque era absurdo que o pai a ignorasse desse jeito, nesse ínterim veio a sentença agressiva.

"Todo relacionamento caminha para o seu fim", disse Iago, no tom de um veredito, e agora é Thalia quem se deixa cair na mudez, paralisada com as palavras dos extremos, *todo* e *fim*. Isso queria dizer que o relacionamento deles também, pai e filha, rumava para um término — e qual a extensão de tamanha descoberta? Eles iam se separar outra vez, e para sempre? Estava planejado? Iago sequer lamentava ou pensava em agir de modo contrário? Thalia se ergueu da cadeira, tão confusa em meio a sua revolta que o primeiro impulso foi o de dar um safanão, quando o pai estendeu os dedos para ela. Ele repetiu o gesto, agarrou sua mão, e disse: "Caminha para o seu fim. O seu objetivo. Diana e eu não tínhamos mais nada a fazer juntos".

Após esse episódio, Thalia refugiou-se na companhia de Jacinta, tendo inclusive concordado em dar seu longo cabelo para ela.

Muitas jovens na cidade pagavam promessa, doando o cabelo à igreja para que fizessem perucas destinadas a um instituto do câncer — mas o pedido de Jacinta tinha finalidade diversa. Ela recheava almofadas com os fios, e durante muito tempo fez isso somente com o próprio cabelo; mas demorava demais esperar o crescimento necessário para estofar até um minitravesseiro, explicou. Portanto, venceu a timidez e começou a pedir a colaboração de vizinhas e amigas; prosperou no trabalho e estava feliz com aquilo. Recentemente, no entanto, o padre soubera do seu tipo de produção, que desviava os donativos da igreja, e houve um grande aborrecimento, que Jacinta preferia não detalhar. O fato é que, para resumir, não adiantara a promessa de contribuições financeiras ou trabalho voluntário: o padre queria os cabelos de volta nos depósitos ao lado dos ex-votos. Queria as mechas de várias cores, cortadas ali mesmo na Casa dos Milagres, e por mais que a maior parte delas viesse de peregrinos, Jacinta fazia mal à cidade rompendo com essa tradição para enfiar seus tufos em travesseiros que, todo mundo sabia, podiam ser recheados de algodão ou de penas ou de qualquer outro material.

Ela não protestou, mas ali, diante da sobrinha, argumentava que o recheio dava o *diferencial humano* às suas peças, uma espécie de recordação corporal guardada num cofre macio, onde se podia encostar a cabeça e dormir, ou colocá-lo sob as costas, ou como apoio dos pés — com a temperatura exata do aconchego, ela disse. Aos poucos foi convencendo Thalia, eliminando o seu nojo inicial e fazendo parecer que não existia nada mais poético que almofadas capilares, até porque cada uma delas recebia um bordado bonito e nenhuma era comercializada. Jacinta colecionava todas, muito raramente presenteava alguém com uma peça. Tinha dado a mais preciosa, com os cabelos de sua mãe, a Jamile, para que a levasse a Portugal, e, se podia confessar agora, estava arrependida, porque sua vontade era manter o artesanato inteiro consigo, lembrando as pessoas que tinham participado do processo e de algum modo continuavam ali, com ela, de forma permanente em sua casa.

No dia anterior à sua viagem de volta a Fortaleza, Thalia deixou que a tia usasse as tesouras, e à medida que o corte acontecia, ela experimentava a estranha sensação de que membros caíam de sua cabeça, moles e sem dor, mas ainda assim com peso, um impacto na toalha sobre os ombros. Ela estranhou a ideia de que seu corpo tivesse partes descartáveis, supérfluas ou renováveis — porque, além dos pelos, havia unhas e células, a pele que se descamava continuamente, embora de modo sutil. Uma boa camada da poeira no mundo vinha disso, filamentos dérmicos, vestígios humanos, o retorno ao pó começando durante a própria existência. De acordo com esse princípio, era evidente uma supervalorização física, um desvio interpretativo feito pela sociedade — porque, fora o fato lógico de que *se precisa dele* para viver, o corpo não era apenas considerado um veículo, uma cápsula de energia vital, um sistema complexo de engrenagens biológicas. O corpo era posto no lugar de obra de arte, e cobrado pelos padrões estéticos de harmonia que marchands da beleza anunciavam através de revistas, propagandas, desfiles.

Aos dezessete anos, Thalia carregava os embates da adolescência, dúvidas a respeito da aparência, raiva de si ao perceber em qualquer parte, na cintura, no rosto ou nas pernas, um mínimo defeito estrutural. Gordurinhas, acne, joelhos meio tortos faziam com que ela se atormentasse durante horas, muitas vezes chorando junto de Salete, que a consolava dizendo que era assim mesmo, ela também detestava os seios que tinha, miúdos, quase insignificantes sob as blusas. "Você está louca, eles são perfeitos!", dizia Thalia, e as duas sempre acabavam rindo, fazendo cócegas uma na outra ou partindo para mais uma sessão de caraoquê doméstico, A-ha no refrão que ambas adoravam, "Take on me" — e assim esqueciam a *crise hormonal*, conforme Diana dizia.

Aqueles momentos andavam menos frequentes. Com a entrada na universidade, Thalia passou a ter um contato assíduo com a rua, utilizando o transporte público diário para observar diversos modelos de gente, das mais variadas formas e idades, cada qual com um aspecto distante de passarelas ou estúdios fotográficos. Eram *pessoas possíveis*, como disse a Salete. "Sim, pessoas comuns", a irmã concordou — mas somente quando Jacinta se lançou à tarefa de podar sua cabeça, Thalia entendeu a extensão do raciocínio que vinha tentando esboçar. O temor inicial de ficar feia, ridícula num corte de cabelo curto que não usava desde criança, ia desaparecendo conforme as mechas se desprendiam de seu corpo, de um jeito tão fácil que fazia crer que eram desnecessárias, estiveram ali como enfeites inúteis.

A lição daquela tarde — embora na época fosse difícil adivinhar — seria fundamental para construir o desapego em Thalia. Em seus futuros papéis no teatro, ela jamais se queixou de nada que precisasse fazer, usando penteados incômodos para interpretar a Angelica Sedàra da história de Lampedusa, ou maquiagens e roupas que a tornaram irreconhecível em *Urupês*. A ideia do disfarce transitório instalou-se no seu modo de perceber a vida. Para além das necessidades profissionais, ela sabia que figurinos criavam atmosferas propícias, acessórios se tornavam detalhes de simbologia eficaz, mas, acima de tudo, o próprio corpo era um instrumento mutável, alterado com o tempo, desintegrando-se de forma lenta, eventualmente dolorosa.

Quando se viu no visual novo, o cabelo leve acomodado por trás das orelhas, a sensação de frescor em sua nuca, Thalia agradeceu a Jacinta. Era um presente ousado que a tia lhe dava, um corte que para alguns poderia parecer tão extravagante quanto to o recheio das almofadas. Mas ela compreendeu o princípio mutante dos ciclos e, agora que estava a caminho do retorno à rotina, nada melhor que uma pequena reviravolta, algo que a faria sentir um estranhamento bom, criativo. Iago não comentou nada quando a encontrou para se despedirem. Guardou um sorriso cansado, que poderia ser de lamento pela mudança na fisionomia da filha, mas quem era ele para criticar qualquer atitude? Thalia pelo menos voltava a um cotidiano, uma estrutura mínima previsível, enquanto Iago, aos quarenta e nove anos, continuava em seu desequilíbrio nômade: gastaria os próximos meses percorrendo de novo a Bahia, antes de se estabelecer na comunidade alternativa onde enfim residiria.

O que Jacinta não revelou à sobrinha durante a experiência foi o projeto especial que destinava às almofadas após sua morte. Desde que completara meio século, anotava procedimentos para o seu enterro, a roupa que vestiria, a pequena herança descrita num testamento, coisas assim. Mas a parte polêmica, que suspeitava ser até um pouco herege (e por isso ninguém além do tabelião tomou conhecimento dela), consistia num dos detalhes da cerimônia fúnebre. Jacinta pedia que, no ataúde, em vez de flores, cobrissem o seu corpo com cabelos.

O desejo surgia, em parte, como resultado de uma preocupação bastante legítima: quem ficaria com as almofadas sem considerá-las nojentas? Imaginava um descarte infame, no lixo comum — quem sabe alguém supersticioso fizesse uma fogueira, ou, na melhor das hipóteses, o padre afinal se apropriasse das doações que exigia. De qualquer modo, para Jacinta era impossível que outra pessoa pudesse herdar as almofadas e manter o zelo que ela mesma tinha. Melhor seria levá-las consigo para debaixo da terra — mas, como eram várias e continuavam se multiplicando, havia a hipótese de que não coubessem todas no caixão. Mesmo que o agente funerário tentasse colocá-las sob o corpo, forrando cada espaço disponível, ainda sobrariam almofadas para espalhar em cima das pernas, da barriga, talvez até do rosto... Por mais que Jacinta não se importasse em ser velada encoberta, soterrada pelas peças que ao longo de anos bordou e recheou, sabia que a cena era insustentável, excêntrica demais para a comunidade.

Portanto, os cabelos, apenas eles, seriam suficientes. No testamento, ela estipulava as etapas necessárias: cortar as almofadas e espalhar seu conteúdo sobre o cadáver, já deitado no caixão. Nada de flor. Os tufos teriam de se misturar uns aos outros, para que não houvesse discrepâncias de cor ou de textura, com regiões mais claras, outras escuras, algumas mais ásperas e outras lisas. A camada capilar deveria parecer uniforme, integrando todos aqueles fios num único sistema, como um tecido sem costuras, suave e imperecível.

Agora Thalia participava também, doava de modo involuntário uma contribuição para o manto fúnebre da tia. Quando no futuro ele fosse montado conforme as instruções que Jacinta deixara, semeado sobre o seu corpo, seria pouco provável que a sobrinha pudesse reconhecer os próprios cabelos em meio a tantos. Talvez ela sequer lembrasse que um dia os cortou, Jacinta pensava — mas nisso estava enganada. Thalia não esqueceria nunca aquele momento.

Ela entrou no ônibus e em pouco tempo adormeceu, levada pelo movimento da estrada. Seu último pensamento antes de cair no torpor escuro do sono foi dedicado a um homem estrangeiro, muito ruivo e de olhos claros, que ia sentado duas poltronas à frente, na outra fileira. Thalia repetia o exercício de imaginar destinos, e dessa vez, quando estava mais ou menos evidente que ela própria seria tida como uma simples estudante retornando à capital, sem muitos mistérios, tentou praticar suas hipóteses sobre os passageiros que via — somente aqueles ao alcance, no entorno, pois não queria chamar a atenção ao se virar para conferir os assentos de trás. O ruivo era o alvo mais evidente, não só por sua localização favorável, mas sobretudo pela aparência. Um estrangeiro, nascido na Holanda, na Inglaterra? Alguém pouco acostumado ao sol, com o rosto inflamado pelo calor sertanejo — o que andava fazendo por ali?

Diana sempre dizia: jamais confie em estrangeiros, estrangeiros são traiçoeiros, e falava aquilo como advertência às filhas, que topavam com italianos e alemães na Beira-Mar, homens de barriga dura e pernas finas, todos atrás de turismo sexual. Salete e Thalia costumavam sair correndo, aos risos, se um deles vinha abordá-las. Mesmo que fosse para uma pergunta inocente, uma informação sobre ruas ou horários, nenhum daqueles sujeitos escondia a provável estratégia de abordar mocinhas para finalidades sensuais. Eram homens de meia-idade, alguns ainda com a marca da aliança afundada no dedo, sinal de um divórcio recente ou de uma folga que se davam no paraíso litorâneo onde pretendiam se esbaldar.

Mas dificilmente um gringo se interessava pelo sertão. O ruivo do ônibus devia ser um estudioso, pensou Thalia, pesquisador de alguma área que o obrigava a se deslocar para um exame in loco, e parecia claro que essa necessidade era profissional pelo jeito com que apertava os olhos, tão infeliz com a claridade, e também pela maneira de segurar uma carteira de cigarros, retirada da mochila que levava sobre os joelhos. Devia sofrer por reprimir o vício, ali, no ar-condicionado do veículo, e esperava talvez uma parada no meio do trajeto, para que pudesse sair, curtir duas ou três baforadas urgentes no mormaço.

Thalia divagou sobre a sensação de calor que faria lá fora. Volutas de névoa sonolenta borraram a paisagem, e ela foi confundindo o balanço do ônibus com o ritmo de um trem, um trem que ia da China ao Vietnã, as palavras como dois compassos na sua mente, da-China-ao-Vietnã, da-China-ao-Vietnã, até que ela viu a cena surgir da neblina, como um filme que se expande. Um turista, logo ao embarcar, aposta, com seus três companheiros chineses de vagão, que começará a viagem fumando e só vai parar em seu término. Acende, portanto, o primeiro cigarro e o fuma devagar. Quando está prestes a segurar uma bituca, tira um novo cigarro da carteira e o acende no anterior. Um dos chineses protesta, mas então o turista diz que apostou começar a viagem fumando e só parar no Vietnã — não garantiu, em sua promessa, que seria um único cigarro. Todos concordam com os termos, e ele prossegue.

O vagão vai enchendo de fumaça, apesar de as janelas serem periodicamente abertas. O turista está condenado a passar onze horas se intoxicando; não pode dormir, porque precisa fumar. Para comer, conta com a boa vontade de um dos chineses, que lhe dá um pedaço de pão que ele mordisca, entre uma bafo-rada e outra. Finalmente, chegam ao Vietnã, e quando o turista apenas deseja vencer a aposta após todo o sacrifício, batem na porta do vagão: são fiscais vietnamitas. O fumante está com o último cigarro pela metade e se vê de repente preso, num grande alvoroço. Os policiais são brutos, ele não entende o idioma e se desespera... até que um dos companheiros chineses, ao se preparar para sair do vagão, diz em inglês que no Vietnã é um crime fumar nos trens. Fala isso como se desse uma simples informação — como se nada daquilo lhe dissesse respeito. E a triste realidade é que o turista vai preso. Thalia o vê com a fumaça de dezenas de cigarros retida nos pulmões, ele próprio retido numa cela embaçada e cinza, sentindo o sabor insuportável de sua língua espessa. Ele passou oito anos na cadeia, o sonho garante — mas Thalia nunca descobriu o que aconteceu depois. O homem morreu? Tinha sido libertado, voltando para a sua terra? Tinha aprendido vietnamita e decidido ficar no país que conheceu a partir de uma cela? Voltara a fumar após aquela experiência?

Ela acordou com a língua seca, parecendo uma tira de papel dentro da boca. As muitas perguntas atrapalhavam seu raciocínio. Gostaria de ter por ali um caderno onde pudesse escrevê-las, para depois pensar melhor sobre todas — e instintivamente olhou para os lados, como se procurasse pelo objeto. De novo sua atenção caiu sobre o ruivo na poltrona adiante. Ela percebeu que ele ia ainda mais ansioso: as mãos amassavam o tecido das calças na altura dos joelhos, e a carteira de cigarros tinha caído, inútil, ficando no chão, onde agora também estava a mochila. Uma desconfiança cruzou sua mente, a voz de Diana disse na memória: "Estrangeiros são traiçoeiros". "Mas quem não é, mãe?", ela revidou em pensamento, e se pôs a repassar os muitos locais onde Iago havia estado. Era quase certo que China e Vietnã não constavam.

8.

Em junho, Iago despediu-se de Jacinta para mais uma temporada errante. Seu plano era ficar em Rio de Contas, ao pé da Serra das Almas, mas antes disso morou por um tempo em Mucugê, empregando-se como zelador no cemitério bizantino do local, e passou longas semanas em Andaraí, onde praticamente se tornou conhecido de todos os habitantes. Continuava fazendo serviços braçais para garantir o próprio sustento. O físico magro e as décadas como professor de educação física garantiam sua resistência, e até perto dos sessenta anos Iago jamais se queixaria de dores ou cansaço. Ele ainda passou temporadas num povoado chamado Bananal, um resquício de quilombo, e em Marimbus, que tinha as mais abundantes vegetações, antes de se mudar. Parecia que adiava o prazer, escreveu numa carta vagarosa. Retardou o roteiro porque pressentia: Rio de Contas era tudo o que sempre imaginou no paraíso.

Enquanto Iago participava na prática de um projeto que antes só pressentia como uma ideologia utópica durante a infância das filhas, Salete e Thalia trilhavam os próprios caminhos profissionais, buscando — mesmo sem consciência disso — brechas na sociedade padronizada. Salete começou a trabalhar na primeira clínica de pilates inaugurada em Fortaleza e, mais do que entusiasmada, sentia-se *engajada* naquele método de tratamento físico. Thalia brincava com a irmã, dizendo que o estilo grosseiro do Joseph Pilates parecia o destino de quem carregava seu prenome, bastava lembrar o outro Ióssif, da tia Stálin — e será que ela, Salete, também ia se revelar uma malvada, empurrando a cabeça dos pacientes, ajeitando a postura deles com brutalidade? Salete ria, dizendo que nunca, jamais — embora às vezes desse vontade.

Ela nunca foi tão livre como naquela época. Estava feliz, com um emprego e planos para o futuro. Thalia jamais acreditaria se lhe dissessem que a irmã iria estagnar e, das duas, seria ela, a caçula, a única a sair de casa e assumir responsabilidades de adulta. Entretanto, já em 1995, durante as conversas que aconteciam no quarto de Salete, Thalia observava com atenção quase hipnótica um quadro pendurado acima da cama: a menina eternamente colhendo gerânios, assoprando suas pétalas com faces deformadas de tão redondas. As duas trancinhas como rabichos de perucas usadas no século XVIII pela aristocracia francesa. O vestido com babados, rígido e bem à margem da calcinha. Os sapatos pesados, no feitio de botas ortopédicas, como o único aspecto que pesava na imagem — e Thalia se via naqueles sapatos bem sólidos. Salete era o resto da menina, imóvel na delicadeza.

Naquele ano Thalia assumiu o seu primeiro papel encarnando Ema, esposa do diretor Aristarco na história de Raul Pompeia. Na versão para o teatro, no final do roteiro, ela sugeriu a Valério que houvesse alguma pista de que o incêndio no ateneu fora criminoso. Ema lhe parecia profunda o suficiente para guardar aquele potencial pirotécnico: era uma mulher que podia ser autoritária, impondo as regras do internato, mas também inspirava paixões, transitando entre o maternal e o sedutor na relação com os alunos. Sérgio, um aluno loiro de cabelo comprido, foi interpretado por Révia, a única no grupo a ter cabelos claros e cacheados. O seu corpo franzino favorecia a atuação como garoto — e, na parte em que Ema obriga o novo estudante a adotar um corte masculino para seguir o padrão do colégio, Révia sentou-se numa cadeira com Thalia posicionada bem atrás dela, segurando uma tesoura, uma reprise da cena com sua tia Jacinta. A luz então diminuía suavemente e, no segundo de escuridão necessário para dispor a próxima cena, Révia prendia os cabelos sob um boné, como se os tivesse cortado.

Uma máquina de gelo-seco foi alugada para sugerir a fumaça do incêndio — e havia o momento furtivo em que Ema sairia do palco, um pouco antes do desfecho. O público poderia concluir que ela era a verdadeira responsável pela ruína do colégio, embora isso não pudesse ser comprovado. Na estreia, porém, a máquina começou a funcionar antes da hora, dissipando primeiro um discreto suspiro do lugar onde tinha sido camuflada, atrás do birô de Aristarco — mas logo a situação se tornou mais e mais visível. Douglas, no papel do diretor, não percebia que atuava com um rabicho insistente, e cada vez mais espesso, de fumaça às suas costas. A cena, referente a uma aula bastante séria, com os alunos em carteiras ouvindo o diretor, ficou incontrolável: os risinhos espocavam entre os atores e na plateia. Douglas finalmente percebeu o que acontecia e adiantou o término, saltando várias frases para chegar logo à deixa que faria o iluminador escurecer a sala. Ao final, o constrangimento foi breve e não impediu os aplausos do público, quase inteiramente formado por parentes e colegas universitários — mas Douglas, na reunião posterior ao espetáculo, disse estar *traumatizado* pelo erro, parecia que era ele quem soltava o gás produzido pela máquina de gelo-seco, e que espécie de intérpretes eram eles, disse, elevando a voz e um dedo indicador, para desrespeitar desse modo o autor do livro? Não bastasse a composição de uma mulher muito mais libidinosa (e o dedo apontou para Thalia) do que o século XIX suportaria, agora o protagonista se transformava numa figura cômica, um erro grave, extremamente grave, porque convinha reparar no simbólico da peça para eles, estudantes de letras. Acaso estavam promovendo a ideia de professores ridículos e colégios incendiados por mulheres fatais?

Valério, Révia e todos os outros atores, além dos amigos que ali estavam, ocupando três mesas na confraternização no bar, foram unânimes quanto ao exagero: "Não foi nada demais", "Você está sendo dramático", "Essa foi a melhor parte da peça", falavam entre vozes sobrepostas, e Douglas se inflamava progressivamente, o rosto avermelhado, até que se levantou e disse, com a postura de um militar respondendo a um comando: "Pois eu desisto!". Quando ele se levantou e saiu, deixando o local, Thalia sentiu o impulso de se levantar também, mas para erguer um copo: "Às mulheres libidinosas!", propôs, e recebeu uma salva de palmas — o que fez Douglas pensar que aplaudiam sua desistência.

Com muita dificuldade, Valério o convenceu a voltar. Prometeu retirar a máquina de gelo-seco; indicariam o incêndio apenas com recursos de iluminação. Mas Douglas talvez precisasse fazer terapia; não era normal que um jovem tivesse ideias tão retrógradas e, se estivesse absorvendo traços do personagem, pior ainda. Eram um grupo amador, mas em qualquer instância a base do teatro estava no distanciamento entre a pessoa e o papel em que atuava, e se Douglas não tinha capacidade para distinguir as fronteiras talvez o melhor fosse abandonar os palcos, disse Valério, nesse instante assumindo um tom superior, bem diferente da atmosfera conciliatória com que havia começado a conversa. O truque funcionou para mexer com o brio de Douglas, fazê-lo continuar quase como numa espécie de afronta a quem pensasse que ele poderia ser um fraco, ou um ator ingênuo — mas Valério, de todo modo, guardou o episódio como um indício de que precisavam, todos, buscar aperfeiçoamento. Instituiu um encontro duas vezes por semana, para estudarem os fundamentos teatrais, com leituras e discussões teóricas que iriam ajudá-los a se tornar um pouco mais técnicos. Precisavam conhecer as propostas de Brecht, o pensamento de Artaud, as ideias de Grotowski — e aquilo era o mínimo, falou. Se a Palavra Cênica teria algum futuro, ele dependia do empenho com que seus membros planejariam os próximos passos.

O Leopardo, em 1996, foi um grande sucesso. Ficaram dois meses em cartaz na sala Morro do Ouro, às sextas e aos sábados, e Thalia — novamente escalada para um dos papéis principais — começou a sentir alfinetadas de inveja, que vinham sobretudo de Lioná e, um pouco menos, de Révia. As duas pareciam confabular nos intervalos, olhando Thalia de modo furtivo, como quem avalia alguém suspeito. "Burguesinha" e "a grande estrela" eram as formas que usavam para chamá-la, e quando Thalia surpreendeu uma conversa maldosa no camarim, o confronto fez Révia baixar os olhos, calada — mas Lioná estufou o peito, quase orgulhosa das calúnias: "É burguesinha, sim! Tua mãe tem uma loja de joias, quer coisa mais ridícula?". "Ridícula é você, sua louca!", devolveu Thalia, e por pouco as duas não se atracaram. Sabino interveio, conciliador naquele momento, mas depois a fofoca correu, e Valério na reunião seguinte fez um longo discurso a respeito de preconceitos e da necessidade que o teatro tinha de integrar, nunca excluir, os diversos valores. "Já somos excluídos pela sociedade, não precisamos de mais divisão entre nós, artistas", ele falou, adotando um tom paternalista que foi convincente na hora. Révia concordou com a cabeça, Lioná com um grunhido. Thalia, talvez porque viesse frágil pelas críticas, com um medo secreto de ser hostilizada a ponto de não conseguir se manter no grupo, olhou para Valério como se encontrasse um protetor, e se apaixonou.

Até então seus relacionamentos tinham sido fugazes, brincalhões. O seu verdadeiro caráter aflorou, superando a programada languidez do final da infância, quando Thalia, instada a ser atraída por meninos como Henrique, o garoto da face queimada, passava dias antecipando histórias dolorosas que algum parceiro no futuro lhe contaria. Após encher a paciência com idealizações em que no fundo nunca acreditou, e constatando que até mesmo Diana, a propagadora de uma atração pela piedade, entrava e saía de amores com homens absolutamente banais, Thalia caiu na paquera com os meninos comuns do colégio, e os que beijou — Marcelo, Evandro, Eduardo — foram passatempos de semanas esparsas, tão distraídos em suas intenções quanto a própria Thalia.

Mesmo no caso de Ari, o estudante de odontologia que anos antes havia decidido se casar com ela, fazendo a proposta num tom que beirava o fatalismo de um oráculo, Thalia se manteve divertida. Nunca teve pudor de apontar exageros, breguices de ciúme, como dizia — e Ari, naturalmente, não suportou que ela respondesse com uma gargalhada. Questionou se ela desfazia dos sentimentos sinceros que lhe dedicava, ao que Thalia, sem arredar pé dos quinze anos que então possuía, disse que era muito nova para ver o seu destino traçado. Enquanto Ari se afastava pelo parque onde se encontraram pela última vez, ela ainda gritou que achava dentes uma coisa bem esquisita: "Dentes, ossos, tudo isso que fica para além do amor!", berrou com a voz esganiçada pelo riso, vendo Ari desaparecer atrás das árvores.

Mas com Valério o amor começou a lhe parecer uma coisa séria. Os seus encontros, inicialmente clandestinos, aconteciam no furor de quem precisa aplacar um desespero interno, roubar um oxigênio imprescindível da boca do outro — e quando se viam os dois enlaçados, fartos pela dormência do prazer e deitados na cama de Valério, que ainda morava com os pais mas tinha uma entrada particular, num puxadinho que funcionava também como ateliê e sala de ensaio, comentavam que aquilo estava destinado a acontecer, desde quando eram simples colegas na disciplina de tragédia clássica.

Valério evitava assumir o namoro, conforme dizia, para que Thalia não fosse ainda mais hostilizada. Ela teria também o papel de destaque em *A confissão de Lúcio*, que estavam começando a preparar — e, como se o impulso de profissionalismo acionado pelas reuniões de estudo atraísse bons fluidos, receberam, logo no início do processo, a notícia da seleção num edital. Nadine Blandini, famosa preparadora de elenco, escolhia a Palavra Cênica como um dos grupos para supervisionar, dentro da contrapartida de um projeto aprovado pelo governo do estado de São Paulo. Isso significava que ao longo de um período Blandini viria instruí-los, favorecê-los com uma mentoria física que seria um divisor de águas na forma como atuavam.

E foi de fato revolucionário, admitiu Thalia. Lembrou-se muito de Salete, porque a maior parte das atividades tinha algo de fisioterápico, mas talvez às avessas, com um objetivo contrário à recuperação e muito mais propenso à dor, ao esgarçamento dos extremos corporais. Fizeram exercícios que ativavam o *lado animal*, com imitações exaustivas — e, em determinados dias, as instruções seguiam um ritmo tão ágil que já não era possível sequer raciocinar, pensar numa possível objeção ou resistência. A proposta seguia uma programação calculada por Blandini, e às vezes ela explicava ao grupo por que aplicava certos métodos: ativação de medos ancestrais por claustrofobia, afogamento, quedas simuladas — ou exploração dos instintos para que aprendessem a agir num estado-limite, sem defesas psíquicas. "Sem energias parasitas!", ela dizia, agitando a massa de cabelo cinza e desalinhado.

Era difícil supor que uma mulher do seu porte pequeno e da sua idade pudesse ordenar, de maneira tão pouco inibida, instruções a um grupo de jovens saudáveis, que entretanto arfava, no máximo do cansaço, ou caía em crises de choro absurdas e coletivas, após repetir uma prática de projeção emocional. Quem a visse de fora poderia confundi-la com uma vovozinha inofensiva — mas ali estava a mais experiente treinadora de corpo e voz do país, disse Thalia. "Então valeu a pena", concluiu Salete, e a irmã fez que sim, acrescentando que o revolucionário também tinha acontecido em certas revelações, impulsos confessionais que afloraram como se eles houvessem tomado um soro da verdade na última tarde com Blandini. Cada pessoa falou de um modo tão descarado que todos pareciam estar num mundo paralelo, onde regras de polidez e mistério inexistiam. Não foram críticas aos outros, mas autocríticas, exposição visceral de *todos os podres*, disse Thalia, e o mais estranho é que ninguém obrigava a isso, nem Blandini havia sugerido nada. Simplesmente entraram numa compulsão testemunhal, e uma foi levando à seguinte, até que tivessem deixado segredos, raivas e vergonhas sobre a mesa, despindo-se da pele de ações passadas como se não lhes dissesse mais respeito.

Salete pediu detalhes, mas Thalia respondeu que não podia falar — ou talvez falasse apenas uma coisa: Valério admitiu que tinha um filho. Um menino de cinco anos, resultado de um "deslize adolescente", e que ele mal via. Também admitiu que ocasionalmente usava cocaína, mas a parte das drogas Thalia omitiu. Salete investigou, com um olhar muito atento, a repercussão da notícia sobre o rosto da irmã. Fazia diferença que o seu namorado fosse pai? Eles não tinham enfim assumido a relação para o resto do grupo, e não estava tudo bem, inclusive com Révia e Lioná? Sim, Thalia concordou, mas distraída, como se pensasse num assunto bem diferente, que a dispersava agora. "O problema é que eu confessei", disse baixinho, "que odeio o meu pai, porque ele me abandonou."

Diana, se estivesse no lugar de Salete, teria feito um gesto trivial com a mão, considerando o ódio como um resultado evidente, justo. Mas Salete continuou fitando a irmã com atenção e, após uns minutos de silêncio, perguntou o que ela pretendia fazer. Thalia, que até então não pensara que podia fazer alguma coisa, decidiu rapidamente. Iria morar um tempo com Iago para superar aquela sensação de abandono.

9.

O projeto não se materializou de imediato. Por um lado, Thalia precisava seguir com as temporadas das peças, além das aulas na universidade. Por outro, Iago também não estava acessível. Ela só viria a ter notícias dele em março de 1998, quando num telefonema o pai anunciou, em sua voz rouca, o "sonho realizado": ele, junto com um grupo de amigos, implantaria uma ecovila perto de Fortaleza, no município do Eusébio. O terreno seria cedido por uma professora de ioga, casada com um paquistanês, que já cultivava há tempos a ideia de criar um refúgio — uma casa antiga, instalada numa larga área selvagem — para si e para outras pessoas adeptas de uma filosofia utópica, contra o mercantilismo e a favor da magia ancestral.

Thalia não anunciou logo os seus planos para uma estada; deixou que o pai, junto com os tais amigos, fosse construindo a estrutura de novas casas, expandindo a agricultura no terreno e garantindo um estilo sustentável, com produção de alimentos, uso de energias renováveis, permacultura e criação de galinhas, apenas pelos ovos, pois jamais comiam carne. À medida que os meses transcorriam, ela ia sendo informada dos avanços. Iago, sempre entusiasmado, telefonava toda semana, como se encontrasse, mais do que uma residência fixa, um assunto permanente do qual não se cansava. Diana, ao acompanhar aquela ressurreição de telefonemas, ironizava as pretensões ecológicas do ex-marido e continuava lembrando às filhas como, agora que ambas eram maiores de idade, Iago escapara impune da pensão alimentícia. "Ou talvez ele queira ressarcir vocês com cestas de frutas?", sugeria, mas já sem rancor na voz. A D Joias estava no auge da prosperidade, Diana havia largado o Pacheco, um "pé no saco", como enfim percebia, e começava a se divertir com rapazes mais jovens: nenhum motivo para queixas.

Portanto, foi apenas durante as férias daquele ano que Thalia aportou na comunidade. Diante da placa pintada com letras infantis, gorduchas, que anunciavam o nome por um trocadilho — "EUSÉBIO" —, ela sentiu como se começasse a respirar melhor, não somente expandindo as costelas com todo o ar possível, mas percebendo, nesse ar, os múltiplos cheiros de terra, plantas, insetos, temperos picantes e oleosos, à medida que se aproximava da casa. Ninguém abriu o portão para ela, nem foi necessário: uma simples corda o fechava. O cachorro que veio recebê-la, um simpático vira-lata amarelo, era muito mais um guia que um defensor de territórios. Thalia o seguiu, na trilha varrida entre árvores, atenta aos cheiros — densos e voláteis a um só tempo — enquanto caminhava.

Iago sentava no meio de um grupo de pessoas ao redor de uma mesa. Alguns comiam frutas, outros cantarolavam mantras, duplas ou trios conversavam em voz baixa, e a cena pareceu a Thalia uma espécie de ritual misterioso, com sua atmosfera de harmonia evidente, mas que, no fundo, talvez guardasse uma iminência de perigo. Pensou que vinha nervosa e o seu desvio de interpretação certamente nascia das expectativas que desabavam sobre ela. Chegou mais perto da mesa, que na verdade era uma porta velha, sem trinco nem dobradiças. Iago a viu, levantou-se feliz para cumprimentá-la, mas algo em sua lentidão fez parecer que os gestos eram forçados.

Estavam na hora do almoço, ou melhor, o almoço tinha acabado, mas as pessoas continuavam por ali, beliscando restos numa vagarosa partilha. Ariele, que Thalia soube ser a proprietária original do espaço (embora todos procurassem "esquecer a noção de propriedade"), levantou-se com abraços perfumados de incenso. Citou os nomes de todos que estavam ao redor, e Thalia respondeu com acenos a cada mão levantada à distância, sem que ninguém mais se aproximasse. Depois seguiu Ariele e Iago pela casa até a cozinha; precisou se descalçar na entrada, experimentando o frio do piso de cimento queimado, antes da imersão num território impregnado de estímulos olfativos. Comeu o que lhe deram, sem perguntas. E também não lhe questionaram nada: deixaram que apenas se ocupasse em mastigar uma espécie de pasta com grãos, ladeada por folhas de alface, tomate e cenoura. Ariele desapareceu, e Iago se pôs a lavar louça dentro de uma bacia.

Tudo radicalmente distinto dos almoços que Thalia teve em sua vida inteira. Ela estava de pé, encostada numa parede, com um prato de cerâmica nas mãos, uma colher de madeira — mas, sobretudo, estava em silêncio, dedicada à comida, e não a inquéritos, como acabavam sendo as refeições com Diana e Salete, a mãe sempre ávida por saber detalhes, indagando sobre estudos, namoros, e analisando as respostas com uma espécie de radar intuitivo que avisava se o assunto merecia mais detalhes, averiguações. Os almoços com colegas ou amigos também costumavam ser ruidosos, atravessados por queixas, ironias, comentários políticos, qualquer coisa que fizesse parecer que não estavam comendo, satisfazendo necessidades primárias. O teatro da confraternização desaparecera por completo para Thalia, pela primeira vez ciente da importância animal de defender o momento nutritivo, concentrada em absoluto nas tarefas que o alimento lhe impunha.

Mesmo o fato de não ter sentado para comer auxiliava na prontidão. Havia dois tamboretes por perto, mas ninguém a convidou para se sentar, e ela achou mal-educado impor seu gesto. Encostou-se na parede, e isso lhe pareceu suficiente. Tornava-se uma sentinela da fome, atenta às colheradas, a cada porção que conduzia à boca para em seguida processar entre os dentes, a língua, o palato. Podia sentir os bocados descendo na trilha interna do esôfago e chegou a pensar que, caso se concentrasse, seria capaz de acompanhar toda a viagem do alimento por seu corpo, observando como os fluidos gástricos viriam bombardeá-lo, transformá-lo nas células do combustível que a manteria viva por mais algumas horas. Talvez a meditação tivesse inclusive o poder de seguir como a energia se espalhava pelo sangue, corria até a bomba ininterrupta do coração, que a renovava no fluxo, tudo numa velocidade incrível por veias ou artérias — e também havia o ritmo da respiração, claro, os dois foles que eram os pulmões, indispensáveis para manter os níveis químicos saudáveis nesse complexo que ainda envolvia músculos, nervos, ossos, substâncias que Thalia desconhecia.

Iago lhe ofereceu um copo com suco de tamarindo. A correnteza líquida, que ela acompanhou por seu curso interno até o umbigo, fechou o processo. De repente o gole encerrava magicamente a experiência de *observação do comer*, que foi o modo com que Thalia denominou o evento. Ela passou a falar com o pai, ajudá-lo com a louça, e depois saíram para um passeio. Houve inúmeras outras chances de examinar temas que jamais caíram antes no seu raio de atenção — e não somente porque lhe faltava tempo, ou silêncio inspirador, mas também porque ali o ambiente, cercado de natureza, promovia uma espécie de regresso às antigas formas de viver.

Thalia mergulhou numa espécie de reconhecimento de seus próprios impulsos primários. Olhar para os diversos tons de verde e marrom ao redor, sentir como as pernas se deslocavam ao ritmo crepitante das folhas no chão — tudo isso era tão hiperestimulante, tão novo, que ela voltou a sentir a iminência do medo, como se estar a bordo do próprio corpo lhe desse uma vertigem inesperada. Teria gostado de anotar o que viu, listando itens como se fosse uma pesquisadora. Seria um modo de se defender da imersão profunda, controlar o seu nível aos poucos. Iago, que caminhava um pouco à frente, parecia lhe injetar novas doses do contágio hipnótico: Thalia tinha a impressão de que sua voz no próximo instante iria se tornar visível, embora volátil, como um texto criado por fumaça.

Eles andaram pelo terreno à toa, Iago apontando as árvores que os rodeavam, cinco imensas mangueiras, oito cajueiros (cada um dando um tipo de caju), pés de jambo, sapoti, seriguela, goiaba, azeitona, abacate. A pequena selva da parte dianteira, por onde ela havia passado, também tinha pés de jucá, vários pés de sabiá, torém, munguba, ele explicou, mas já sem indicações precisas. Parecia levitar numa espécie de exaustão benéfica — e Thalia supôs que estivesse drogado. Algo lhe disse que ela também devia estar sob o efeito de alucinógenos, a comida induzira o estado místico em que de repente tombara.

Não era possível que pelo simples fato de entrar num reduto ecológico ela se pusesse a agir de modo estranho, pensou, e no minuto seguinte os pensamentos já reviravam o conceito de estranheza, as amarras culturais ligadas a isso. Thalia se cansou do próprio debate mental; fez um gesto no ar como quem varre um inseto incômodo e seguiu o pai de volta ao pátio, onde a mesa-porta ainda se encontrava firme sobre dois cavaletes. Não havia, entretanto, mais ninguém ao redor. Apenas um homem de seus sessenta anos, com a pele castanha e sobrancelhas grossas, pretas, em contraste com o cabelo branco, saiu da casa e os cumprimentou.

Era o marido de Ariele, o paquistanês, um sujeito que passou a juventude fugindo de guerras religiosas em povoados do Oriente Médio, escapando de matar ou morrer na mão dos salafistas. Embora tivesse aprendido a usar armas, muitas, conforme Iago depois contou ao redor da fogueira, nunca dera um disparo, e essa era a sua maior proeza. Quando, na pior fase de sua existência, ensaiou atirar em alguém, apontou para si mesmo, porque não via remédio na situação em que estava, foragido, com a família destruída e morando em ruínas como um bicho do deserto. Então, nesse exato momento, ele pediu um sinal aos céus, disse Iago, e uma nuvem encobriu a claridade, uma nuvem que não existia um segundo antes e de repente se formou — puf! — diante do sol: uma explosão algodoada. O que aquilo podia representar ele não soube, mas sem dúvida era um sinal, uma marca misteriosa com que o céu lhe respondia. Ele entendeu que a resposta era um consolo, um impedimento do suicídio e, assim, com aquela vaga promessa próspera, o paquistanês suportou mais alguns meses de fome e errância. Afinal embarcou num avião após inúmeras transações semiclandestinas, em companhia de um grupo de jornalistas que o salvou de modo incompreensível, pois não falavam nenhum idioma comum.

Um dos repórteres, brasileiro, foi quem o apresentou a Ariele, na época morando em Belém — mas o casal logo experimentou um novo périplo, com várias estadas em lugarejos inacessíveis, fixando-se com mais permanência em Oriximiná, no Baixo Amazonas, antes de finalmente lançar raízes no Nordeste. "Em que ano, mesmo?", perguntou Iago, interrompendo o fluxo, e só então, pelo silêncio que se seguiu, mais extenso do que o normal, ele teve uma pista do erro cometido. Thalia, durante toda a narração empolgada do pai, vinha observando o modo estranho como as demais pessoas reagiam, ou *deixavam de reagir*, às suas palavras. Parecia haver um constrangimento geral, que forçava os rostos a se desviar, alheios. Apenas as crianças acompanhavam o relato, mudas e enfeitiçadas como normalmente ficam ao ouvir histórias — mas os adultos, todos, ou baixavam a cabeça, olhando para os pés, ou lançavam uma expressão distante, neutra, mais atentos aos ruídos do entardecer do que à voz de Iago.

A hipótese de que já tivessem ouvido aquilo centenas de vezes, e, portanto, rejeitassem o tema, não era a melhor de todas. Mesmo numa ocasião do tipo, sempre há os que manifestam um prazer familiar pelo retorno da memória, e isso transparece nas feições, no sorriso que oscila entre satisfeito e desiludido, como uma concessão hospitaleira que se faz ao recém-chegado, o visitante que ainda não conhece os fatos e, pelo relato, pode se sentir integrado. Mas ninguém ali — Thalia percebia — acompanhava as palavras, que tinham começado logo após acenderem o fogo, feito com fibra de coco e folhas. Depois uns homens vieram com galhos de poda para aumentar a fogueira, e duas mulheres surgiram, iluminadas como fachos amarelos, trazendo pratos com batata-doce e milho verde, para assar no espeto. Quando cada um se pôs sentado e a roda de fato fechou, Iago falava sobre as armas. As crianças arregalavam os olhos, e Thalia sorriu, porque se viu igualmente espantada — mas então reparou na indiferença de todos os demais.

"Quatro ou cinco anos atrás", disse Ariele, após um longo intervalo. O paquistanês permaneceu alerta e sério, como se investigasse o escuro da mata. Ninguém falou nada por minutos, e então um menino pequeno choramingou, outros iniciaram a disputa por uma batata-doce, desfez-se o peso do constrangimento, à maneira de quem larga uma grossa coberta dos ombros.

Mais tarde, quando Iago se preparava para entrar na rede onde ia dormir, Thalia o interceptou para saber o que tinha aconteci-do. "Nada", ele respondeu, fingindo leveza, mas a filha insistiu. Ele havia revirado um tabu relativo a um passado criminoso, traumático? Havia segredos, coisas obscuras que eles guardavam por ali? Por que as pessoas ficaram tão evasivas diante da histó-ria, como se estivessem escondendo algo?

Iago então suspirou. A explicação era ao mesmo tempo sim-ples e complexa. A comunidade considerava todos iguais, e esta-vam ali para harmonicamente se integrar, sem individualismos de qualquer espécie. Um relato pessoal, nessa perspectiva, soava como uma dissidência. "Foi um erro meu, um equívoco", Iago disse, porque, ao recuperar os lances biográficos do paquistanês, o que na verdade fazia era extraí-lo do momento uniforme que viviam, ao pé da fogueira. Ele voltava a ser um estrangeiro, alguém com uma experiência única, inconfundível — portanto, um inadaptado à noção de similaridade que tanto exaltavam na ecovila.

"Mas já me perdoaram, então agora é esquecer", Iago co-mentou, antes de mergulhar na rede, sob um mosquiteiro. Thalia continuava a seu lado, estupefata. Estavam sozinhos na minicasa que o pai erguera, a primeira a ficar pronta, no meio de outras, maiores, que os residentes ainda terminavam de construir cum-prindo um mutirão diário. Enquanto as acomodações eram fina-lizadas, os residentes dormiam na casa principal, distribuídos na sala, no pátio e até na cozinha. Iago também costumava ficar por lá, disse, mas com a presença de Thalia resolvera estrear a casi-nha, para que a filha ficasse mais à vontade. Entretanto, apesar de isolados, os dois falavam como se houvesse muita gente, o grupo todo, ao redor — e Thalia perguntou, num cochicho qua-se inaudível: "Como você sabe que te perdoaram?". "Porque eu continuo aqui", o pai respondeu. Com isso, Thalia decidiu abreviar a própria estada: o que seria um mês de convívio se transformou em dois dias. E mal conseguiu dormir, desconfortável com a ideia de que poderiam expulsar seu pai por causa de uma absurda regra transcendental. Parecia grotesco que a comunidade se declarasse livre e, ao mesmo tempo, sufocasse as memórias individuais. Já em Canindé, Thalia recordava, Iago tivera dificuldade para reconstituir suas viagens, os inúmeros anos peregrinando — e agora, se não pudesse retomar o passado, ele se perderia para sempre. Os membros da ecovila acreditavam que toda biografia era produto da vaidade, e narrativas individuais inevitavelmente afastavam o sujeito de uma comunhão plena com os demais.

Aquela perspectiva de apagamento em prol de um êxtase holístico configurava uma violência. Havia regras abusivas por ali, Thalia tentou esclarecer. Imposições de desapego. Não se dizia que a espiritualidade era um caminho espontâneo? — argumentou, na manhã seguinte, ao encontrar Iago no terreiro, alimentando as galinhas. Pois que tipo de caminho era aquele, que forçava as pessoas a desenvolverem um tabu contra elas mesmas?

"Você está exagerando, filha", ele suspirou. Continuou polvilhando o chão com cebola picada, em meio à disputa das galinhas, que faziam desaparecer as minúsculas partículas com agressivas bicadas. Apenas alguns anos antes, a cena bastaria para distrair Thalia. Ver bichos se alimentando sempre lhe pareceu um espetáculo irresistível — mas naquele instante ela pouco relaxou. O barulho neurótico das aves, ao contrário, teve o efeito de lhe pinçar por dentro uma espécie de irritação, como se puxasse do peito um fio desencapado, eletrizado em microchoques. Quis gritar, espantar as aves com chutes — mas então milagrosamente elas se dispersaram, andando confusas mas lentas, em raios que se distanciavam. A comida havia acabado. Iago sorria como quem escapou de um breve pânico, segurando o prato vazio na mão.

Jacinta havia contado a respeito de seu trauma. Quando Iago tinha cinco ou seis anos, quase morreu intoxicado por uvas: uma reação alérgica ou excesso de agrotóxicos, não sabiam bem. O fato é que sua pressão chegou perto de zero, e já rezavam ao redor de sua cama no hospital, sem esperança. Jacinta lembrava perfeitamente os detalhes, era quase uma mocinha na época e estava prestes a perder o irmão caçula. Foi ela quem fez a promessa, ultrapassando protocolos de fé que talvez atribuíssem a uma mulher mais velha, sua mãe ou avó, aquela responsabilidade. Disse em alto e bom som o que prometia: penitência, dinheiro e gratidão — e não foi que pouco tempo depois Iago se recuperou? Jacinta se encarregou de aprontá-lo para tirar uma foto (paletozinho e cabelo raspado, estúdio no centro da cidade), depois tomaram um ônibus e fizeram juntos o percurso de volta, passando a pé por uma sequência de cidades.

Palmilhavam a estrada esperando cada placa que representava um avanço, uma conta naquele rosário de sacrifícios, o trajeto sob um sol esturricante, abafado pela sombrinha que Jacinta empunhava: Caraussanga, Minguaú, Tucunduba e Inhuporanga, um pouco depois de Amanari — local onde o famoso pistoleiro Mainha foi preso e, passeando num jumento, acabou assassinado —, Jacinta acrescentou, distraída. Thalia esperava que a tia continuasse com o relato da promessa, mas antes precisou ouvir suas digressões.

Do lado direito da estrada, à medida que Canindé se aproxima, surgem os abrigos esquálidos para pedintes, que ficam a postos na época de romarias ou em domingos mais propícios: eles levam uma cobertura qualquer, de plástico ou lona, para amarrar nos gravetos que constituem o abrigo; sentam-se em pedras ou banquinhos. Alguns ficam no meio-fio, abrigados por um pano ou mesmo sem qualquer proteção — parecem apenas contemplar a paisagem, não estendem as mãos como os outros. Aliás, é interessante reparar que, quanto mais vistosa a cobertura do abrigo (existem as floridas, as escarlates, destacando-se a distância na estrada), mais performático será o seu habitante. À vista de um carro, dali se projeta em posição de súplica, a cabeça inclinada, um chapéu se agitando. Os outros, que ficam desprotegidos e largados, "parados no meio do tempo", como se diz no sertão, são os que mais precisam de auxílio e no entanto não recebem nada, completou Jacinta.

Chegaram à cidade enfim — e a última parte da promessa consistia em distribuir esmolas na porta da igreja. Iago se posicionou com o maço de dinheiro que a irmã lhe entregara, sob a instrução de que desse uma cédula para cada pobre: "Uma para cada um, porque todos merecem". Jacinta ficou aguardando alguns degraus abaixo de onde o pequeno Iago, muito compenetrado, começava a executar seu ritual, estendendo uma nota para o alto, um pouco incerto do rumo para onde deveria apontá-la. Mas a dúvida durou um segundo, no máximo.

Logo apareceu um homem em andrajos, com um bafo ruim que lhe atirou na cara: "É esmola, menino?", perguntou, com a voz de um vilão ancestral, um homem das cavernas. Iago balançou a cabeça, espantado que em meio a seu gesto a cédula houvesse deslizado tão rápido de seus dedos, uma fricção mínima devido à captura que o homem empreendera — e, embora fosse um donativo que fazia, teve a sensação de roubo. O imediatismo da posse, a pressa com que o homem agarrava o dinheiro, tudo se tornava ameaçador, principalmente porque o homem não saía dali, não parecia *satisfeito* nem *grato*, e agora encarava Iago com um riso cruel, enquanto surgiam outros mendigos, atraídos em bando, precipitando-se em duplas, trios, envolvendo Iago à medida que as notas desapareciam.

Jacinta reparou que já não via o irmão, completamente submerso no círculo de corpos imundos que disputavam o dinheiro. Demorou até que conseguisse romper a barreira daquele alvoroço predatório, para resgatá-lo — e só conseguiu fazer isso porque se enfiou ali, aos gritos e empurrões, agarrando o restante do maço para dispersá-lo num jorro, ao vento, com as notas carregando os pedintes atrás. Iago permaneceu estático por um momento, tremendo e com a mão extremamente apertada, um murro inútil que jamais poderia aplicar. Thalia imaginou toda a cena quando a ouviu da tia, em Canindé — e agora, ao ver que o pai agarrava com força desnecessária o prato com que alimentara as aves, soube que talvez ele nunca perdesse a própria história, embora pudesse deixar de narrá-la.

10.

Thalia intuiu que devia explicações ao voltar para casa tão antecipadamente e disposta a gastar seu mês de férias com cinema, barzinhos ou praias com amigos, longe do planejado refúgio espiritual na comunidade fundada pelo pai. Não contou tudo para Diana, até porque não saberia classificar o tipo de estranheza que lhe invadiu nos poucos e, para todos os efeitos, inocentes episódios que viveu no lugar. Mencionou apenas um desconforto e disse que a vida rústica é mais difícil que prazerosa. Comentou depois com Salete algo a respeito de um iminente fanatismo; sentiu que Iago estava com um pé na conversão total, e temia o que poderia acontecer.

Recordou as bizarras colocações que ouviu, de passagem, quando pescava frases ditas por uma ou outra pessoa, sempre em tom de conversa casual — Ariele, por exemplo, aconselhava uma mulher, uma mão no ombro dela, a outra segurando dois ramos de pinhão-roxo, e dizia: "É preciso quebrar o bloqueio. Se o espírito fica no astral, pode se transformar em ovoide, e isso não é a melhor coisa". Em seguida Thalia observou um homem gordo e muito branco, vestido somente com uma bermuda, ocupado em montar um cata-vento com madeira de carnaúba. Ela parou um pouco atrás, interessada na operação, e viu que ele conversava com um adolescente igualmente branco, porém magro, que o ajudava. Imaginou que dava comandos, instruções práticas para que o rapaz segurasse firme, ajustasse as tábuas de um certo modo — mas bastou avançar um passo para ouvir coisas estranhíssimas sobre quocientes de luz na energia da Terra, locais curativos e práticas para se tornar um guerreiro da oração.

"Um guerreiro da oração?", Salete se espantou, e provavelmente os termos foram decisivos para que contasse tudo à mãe, usando o mesmo tom de acusação bem-intencionada com que, anos antes, entregara o jornalzinho fabricado pela irmã como prova de sua obsessão por temas que podiam mentalmente prejudicá-la. Agora, o caso sinalizava não uma ameaça pela crença em extraterrestres, mas algo muito pior: a suspeita de uma seita, uma coalizão de gurus alertas contra a índole de espíritos "apegados à crosta", conforme mencionava outra parte do discurso de Ariele colhido por Thalia.

Diana se alvoroçou. Viu passar pela cabeça uma nova versão do Rancho Apocalipse, habitada por Iago. E despejou sobre Thalia o horror das lavagens cerebrais — ela, que lembrava muito bem as notícias da tragédia ocorrida anos antes, o cerco de Waco com o tiroteio e o incêndio. "Mais de oitenta pessoas mortas, minha filha!", gritou, segurando os ombros de Thalia. E continuou falando sobre episódios de liderança fatal, comunidades suicidas como a de Jonestown, que existira na década de 1970 e ela lembrava com perfeição, graças a reportagens. Iago sempre lhe parecera propenso a esse tipo de coisa, precisava confessar. Desde a época do namoro falava sobre Madame Blavatsky, a Sociedade Teosófica e suas explorações da estrutura septenária do universo, toda sorte de leitura esquisita, chegando a sugerir que o planeta Terra era um erro cósmico.

Ele praticamente não se conectava aos fatos do mundo, continuou Diana, e dizia que tudo eram tragédias previstas, padrões que as pessoas repetiam até o dia de alcançar a iluminação. "O problema é que muitos acham que não *merecem* se iluminar, ele me dizia, ou pensam que essa é uma tarefa a ser adiada", Diana se exasperou, com uma mão agora pendente, a outra em garra sobre a testa: "Oh, meu Deus, do que o pai de vocês é capaz?".

Sentiu a iminência da crise, e daí a um segundo se deixaria afundar na lama emocional onde a raiva superava a aflição, principalmente porque era a raiva o sentimento mais escavado, a pegada mil vezes pisada em sua alma, portanto a região mais funda e fácil. A morte do filho tinha sido resultado disso: a raiva atuara como uma flecha invisível perfurando o feto — ou um veneno despejado em dose gigantesca, intoxicante. Foi a frequência insuportável que vibrou dentro de Diana, a emoção do ódio sobre um coração precário, um órgão menor do que uma ervilha, e quando o médico lhe disse que já não havia sinal de vida e precisavam marcar a curetagem, ela se sentiu como uma espécie de ataúde, uma sepultura ambulante, durante as horas que passaram em seguida.

No seu modo de pensar, levada por um autoconsolo ingênuo, Diana imaginou a operação como um parto precoce, mas, depois que a sedaram, ela, não completamente adormecida, notou os movimentos bruscos do médico, a raspagem entre suas pernas abertas e o *material* (como ele se referiu ao feto) que sem dúvida vinha aos pedaços, razão pela qual a enfermeira se aproximou uma, outra e ainda outra vez com o recipiente metálico, para recolher o cadáver diminuto e fracionado, que Diana deixou de requisitar para um enterro digno. "Mas talvez, se você tivesse solicitado, fosse uma decepção", disse Iago, escolhendo desajeitadamente as palavras na tentativa de confortá-la em seu retorno para casa. O hospital devia considerar um enterro no caso de bebês prematuros, não de abortos. Havia a fronteira criada pela ideia de uma vida viável, o que um embrião de treze semanas não seria — mas Diana o interrompeu com um grito: "O hospital não podia recusar!".

Durante muito tempo ela falou sobre a criança perdida, descartada sabe-se lá onde, e disse entender a tortura das mães em períodos de guerra, adivinhando o destino completamente alheio dos filhos que alguém enterrava — ou não —, os despojos no mar ou ao relento, destroçados e mal cobertos por uma pá anônima. Nesse ponto, seguia hipóteses grandiosas, dizendo ter sido melhor perder logo Fabrício (começou a chamá-lo assim, sem nenhum aviso, e Iago não a questionou), bem melhor saber que ele se extinguia cedo, livre dos sofrimentos que teria caso fosse para a guerra, porque, sendo homem, aquela era uma ameaça possível, em dezoito ou vinte anos o país poderia se envolver num conflito que arrastasse os jovens para o front, a aniquilação por nada — e Diana se prostrava, lembrando que um impulso bélico acontecera ali mesmo em seu corpo. Os seus nervos jogaram granadas contra Jamile, na briga feroz que tiveram, e cada berro inflamado que deu, no minuto de discórdia — quando espatifou um vaso, gritando que a cunhada era uma puta interesseira —, num único minuto de fúria o seu corpo bombardeou, explodiu e destroçou a vida do filho.

A culpa era de Jamile, claro: o cinismo com que ousava retornar àquela casa para mais uma vez se hospedar. Meses antes, Jamile ficara doente, com meningite, e todos disseram que ela podia ter morrido — sim, podia muito bem ter morrido, pensava Diana, se ela própria não atentasse às características do vômito. Para além de salvar Salete, que passava pelo lugar exato onde seria atingida (caso o seu instinto não fosse veloz o suficiente para tomar a filha num embalo em meia-lua, sequestrada do chão onde a sujeira quente ia aterrissar), Diana também foi eficaz em perceber: o tipo de jato, em projeção tão alta, era sintomático. Contrariou Iago, que apostava numa simples náusea, uma comida estragada, e ordenou: "Vamos levar essa menina *agora* pro hospital!" — porque Jamile ainda era uma menina, quinze para dezesseis anos. Embora já se exibisse com microbiquínis em quase todas as manhãs daquela estada, o corpo ficando cada vez mais temperado, numa cor que realçava a claridade dos cabelos, era menina, muito menina, se comparada à versão que retornava um ano e meio depois.

O seu modo de sorrir perdera qualquer traço ingênuo que pudesse ter tido: tornou-se uma perfeita cínica. Foi numa perplexidade lenta que Jamile encarou Diana, mantendo silêncio enquanto a cunhada gritava, acusava a ela e Iago de serem monstros de egoísmo. Diana se atarefava durante todas as horas do dia, e os bonitos ficavam como reis, passivos. Jamile tinha intenções de se matricular num cursinho em Fortaleza e ficar morando na casa do irmão. Esse era o plano que os dois articulavam, como se não houvesse ali outra família, com sua rotina e projetos próprios — como se nos anos a seguir tivessem de contar com a presença de uma agregada, uma jovem que simplesmente resolvera cursar a universidade num espaço que não era o seu, parasitando os outros. Diana se enfurecia, dizendo que a garota não era nem seria sua responsabilidade, e à medida que gritava sentia o corpo estremecer.

Até que ponto Salete percebeu o colapso da mãe após a gravidez interrompida, jamais será algo certo. Tudo aconteceu nos dias subsequentes àquele em que posou para a foto com os avós Inácio e Cecília, que vieram visitá-los justamente para trazer Jamile. Diana precisou ser internada, porque, além do sangramento, o seu estado psicológico preocupava. Jamile insistiu em ficar na casa fazendo companhia a Salete, mas foi enviada para Canindé. Iago quase enfiou a irmã à força no ônibus, despachando-a para morar com Jacinta enquanto seus pais estavam fora, viajando rumo às férias de onde nunca voltariam. O avião que os levava se incendiou na mesma hora em que Iago, entrando no carro de volta da rodoviária, acomodou Salete na cadeirinha e ouviu a filha, com voz tímida de bebê, perguntar: "Papai, o que tá aconteceno?".

A notícia da morte de Inácio e Cecília chegou logo depois da alta que Diana recebeu do hospital, mas ela só entendeu que os sogros tinham falecido semanas mais tarde. Iago não conseguiu introduzir o assunto, com a esposa ainda tão abalada pela gravidez perdida. De maneira irônica, no caso de seus pais também não houve enterro, devido à ausência dos corpos, desaparecidos no incêndio seguido pela queda do avião no mar — e assim, sem providências fúnebres que precisassem ser tomadas, Iago dividiu com Jacinta alguns lamentos pelo telefone (Jamile não quis falar) e, com Ivone, os procedimentos burocráticos que deveriam seguir para os atestados de óbito e um processo legal que a irmã, na época ainda freira, queria impor à Varig.

Tudo isso estava à beira de voltar na forma de um desabafo raivoso de Diana — mas então Thalia desmaiou, como se o seu corpo se defendesse da situação, criando um reduto de paz instantânea. Amoleceu sobre o sofá e, por poucos segundos, deixou de ouvir os gritos intensificados de Diana, não sentiu os tapinhas que ela lhe dava na cara, nem percebeu os movimentos confusos de Salete, correndo para buscar um frasco de álcool. Quando voltou a si, pinçada pelo odor agressivo que lhe esfregavam no nariz, a primeira coisa que lhe ocorreu foi um deslumbre pela descoberta. Até então não sabia que desmaios existiam. Tinha visto alguns, em filmes e novelas de tevê, e em livros escolares encontrara personagens que desfaleciam — mas se acostumara a entender tais cenas como recursos de hipérbole, convenções usadas para transmitir uma forte emoção que, de outro modo, não atingiria o público.

Entretanto, ela havia experimentado na própria pele aquela solução técnica! E era deliciosa a sensação de desligar, como se tempo e espaço desconectassem, um fio que se puxa da tomada, um mergulho inesperado. O retorno também, ativado pelo vapor de álcool, parecia mágico. Fisicamente, ela percebia a lucidez voltando, como se fosse uma espécie de borda a se alcançar, à medida que subia veloz, vinda de um mistério abissal.

Depois daquela tarde, Thalia esperou que o desmaio se repetisse — mas com um grau de expectativa positivo, por mais que soubesse que ele estava longe de ser uma pista saudável. Diana avisara que, se acontecesse outra vez, iria levá-la a um médico, um neurologista, que passaria exames do cérebro e talvez tivesse de submetê-la a um rastreio completo. Voltou a mencionar a própria mãe, Paulina, morta tão jovem, de um melanoma. Diana dizia não querer assustá-la, mas o fato é que os primeiros sintomas de sua doença envolveram desmaios, e sabe-se lá se aquilo não seria hereditário.

Thalia imaginava o desespero evoluindo dentro dessa possibilidade. Mas, por mais que ficasse com um nó de aflição na garganta só de pensar em clínicas ou hospitais com a mãe atarantada ao seu lado, pesando sobre ela um olhar ofendido, como se adoecer fosse o propósito maligno que ela começava a desvendar, cada exame comprovando ou não as intenções de Thalia, a tática secreta que seu corpo inventava para torturar Diana, *enlouquecê-la*, enfim, por mais que essas hipóteses soassem insuportáveis, não podia negar o prazer. A sensação de embriaguez divina que o desmaio trouxera tinha sido uma experiência equivalente a um êxtase, então é claro que desejava repeti-la.

Thalia imaginou se conseguiria provocar aquele estado de

maneira voluntária, quando estivesse longe da vigilância familiar. Gastou muitas horas à noite fingindo dormir, mas na verdade concentrando-se num tipo de abismo vertiginoso que caçava na própria mente. Bastava identificá-lo, e então se jogaria sem medo. O fato de perseguir a sensação prazerosa não lhe dava culpa, e agora — ao contrário do que acontecera na época em que Diana descobrira seus cadernos de desenhos eróticos ou quando um dia, por volta dos seus quinze anos, fora pega se masturbando, no flagra súbito dado por Salete — não havia chance de passar vergonha. Ninguém perceberia os efeitos do prazer nela, a vertigem atuaria em seu corpo sem estímulo prévio. Bastava que ela se concentrasse em procurar o despenhadeiro dentro de sua cabeça, rastreando o caminho íntimo para despencar no delírio.

Jamais o episódio se repetiu, porém. Nem de modo voluntário (pois Thalia sempre caía no sono, por mais que soubesse que seu esforço devia levar a um resultado diferente), nem de forma inesperada, como da primeira vez. Chegou a pensar que a natureza do apagamento era de tal forma voluptuosa que os saídos de um coma falariam maravilhas do período inerte, se a grande quantidade de remédios que acompanhava esses estágios do despertar não atuasse para embotá-los, pondo neles uma expressão vítrea que, entretanto, caso alguém *experiente* observasse, indicaria a feição de um indivíduo exausto pelos melhores motivos, zonzo pelo arrebatamento inesquecível do qual emergia.

Mas o tempo foi passando, com outras prioridades que se impunham. Diana voltou aos expedientes normais na loja, Salete trabalhava na clínica de pilates, e Thalia se envolvia com fatos rotineiros: as disciplinas na universidade, o namoro com Valério e o fracasso de *Urupês*, que não chegou a abalá-la. Desde o projeto, já previa as falhas que persistiriam na montagem, artificial e presunçosa, no dizer de Sabino, quando "erudita" lhe pareceu pouco ofensiva.

Discutiram longamente sobre o sentido de usar máscaras cubistas numa encenação do livro de Lobato, que inclusive odiou as vanguardas, conforme Douglas recordava. Mas Valério foi irredutível: o propósito era *estilizar com ironia*, disse, e não apenas as máscaras estariam presentes, mas as roupas igualmente modernas. "Nada de andrajos pra representar o sertanejo! Vamos inovar!", anunciou na reunião em que trouxe o responsável pelo figurino, Jussiê Varela. O convidado respirou fundo, levantando o queixo proeminente, e estendeu uma série de croquis sobre a mesa, passando a explicar: "Um manto lilás, com mangas brancas, e calças vermelhas, inspirado na aparência do *douc langur*, espécie de macaco encontrado no Vietnã e no Laos. Aqui uma veste com babados, em bordô, amarelo — o forro é branco —, inspirada num molusco belíssimo que vive na Austrália...". Nesse ponto, Lioná interrompeu, dizendo ô-ô-ô e dando um tapa na mesa. Jussiê a encarou, horrorizado, como se nunca tivesse visto alguém cortar a voz alheia, e observou Lioná com um medo ultrajado, enquanto ela dizia: "Se é pra trabalhar com roupa de bicho, vamos pelo menos ficar no Brasil!".

Muitas vozes concordantes extravasaram as opiniões, reprimidas durante o breve tempo em que o figurinista exibiu sua proposta. Logo ele foi ignorado pelos demais, que discutiam assuntos paralelos, criando um burburinho semelhante a um enxame. Valério só conseguiu dissipar a confusão com um novo tapa sobre a mesa, que dessa vez fez tremer os copos e afastou por centímetros os croquis da formação em leque perfeito, calculadamente dispostos por Jussiê. O diretor falou que ainda precisavam conversar sobre vários assuntos, era verdade, mas não podiam ter pensamentos restritos assim de cara. Lioná se inflamou: "Ter coerência agora é ser restrito?", e nessa altura o figurinista se levantou e pegou os papéis de volta para colocar em sua pasta. Quando se encaminhou para a saída, Valério foi em sua direção, provavelmente para se desculpar. O grupo tinha voltado ao debate e ninguém ouviu Jussiê mencionar a expressão "mentes pequenas" ao bater a porta.

Valério voltou à mesa com ar cansado. Averiguou com um rápido olhar o rosto de todos; pareciam mais ou menos exaustos, então escolheu um tom pacífico, inicialmente se dirigindo a Lioná: "Ponha-se no lugar do autor. Nós, de uma geração que ele sequer viu nascer, somos uns desconhecidos que se metem a dar palpites e fazer análises a partir de outra realidade, de um tempo diferente, de experiências diversas... A gente pensa que se apropria do artista, pensa que absorve o seu pensamento, a gente pensa que se funde com a obra de tanto explorá-la. Mas não é nada disso, nunca vai ser, *nunca pode ser*. Aquela obra já passou, junto com o artista. O que resta agora é um simulacro, uma obra completamente alheia, pra gente refazer da maneira que puder".

Sim, Thalia concordou, e disse: "Se eu fosse uma autora, não conseguiria sequer imaginar como as minhas palavras poderiam ser lidas por um estranho. É algo impossível. O estranho lerá outra coisa, jamais o que de fato aconteceu, o que foi a base para a escrita. Isso deve ser ao mesmo tempo frustrante e libertador. Se não compreendem um autor, ele pode falar o que quiser. Assim como nós interpretamos, de um jeito livre ou novo. Mas a compreensão realmente não existe, não nesse sentido de uma transferência integral de conteúdo de um cérebro para o outro".

"O processo é uma ilusão, mas tem seus limites", interpôs Sabino. "Na verdade", Thalia continuou, "a grande ilusão é a de que o autor nos *vê* trabalhando com a obra, e aprova ou repudia, recebe a nossa homenagem, sente-se vivo no além, eternizado através de nós. Pode ser que os espíritos tenham sensações, eu até acho que eles podem acompanhar os nossos atos, por exemplo, e lá do jeito deles se alegrar ou entristecer — mas simplesmente não creio numa conexão entre desconhecidos."

"Ou seja: Monteiro Lobato está se lixando para o que fazemos com *Urupês*", ironizou Lioná, e Valério aproveitou a deixa: "É isso mesmo! Vamos expandir nossas possibilidades". Enquanto ele tornava a defender o uso das máscaras cubistas, embora pudesse ceder no figurino, incorporando uma cor local, Thalia retornava ao silêncio.

A ideia de uma vida para além dela parecia inconcebível, pura especulação — tanto quanto a vida *antes* dela. Os documentos históricos, todos os séculos com personagens, fatos e registros tinham o mesmo status de uma ficção. Ela queria ler a respeito, usar as evidências como um degrau a partir do qual poderia refletir e aprender, mas não tomava essa existência como realidade. Do mesmo jeito, sentia que o cérebro emperrava num limite, quando se dedicava a imaginar épocas no futuro, vertiginosas. "A vida para além de mim é mera hipótese", decidiu Thalia, "tanto quanto a vida antes de mim" — mas nesse ponto se lembrou de Fabrício. Não dele exatamente, porque não o conheceu, como de resto ninguém pôde conhecê-lo, nem sequer o médico e a enfermeira que estiveram com seu corpo por um instante.

Ele era um despojo de curetagem, um resto que mal devem ter olhado, num misto de pudor profissional com indiferença calejada; quantos fetos e abortos passaram por suas mãos enluvadas sem que pudessem diferenciá-los? Ainda que fossem colocados todos juntos, as dezenas de corpinhos em redomas entupidas de formol, o médico e a enfermeira seriam incapazes de vê-los como algo além de amostras em série, protótipos e não indivíduos, projetos, e não pessoas. E Thalia, como os veria? Como teria visto Fabrício, se ele não a antecedesse, se ela tivesse existido antes, o suficiente para olhá-lo por um momento? Ou será que, justamente por nascer depois, ela era de fato a única a ter tido o convívio mais íntimo com esse irmão, crescendo no espaço em que ele esteve por poucos meses?

Em que medida Thalia percebeu que o útero onde se desenvolvia carregava cicatrizes? Como uma caverna em que velhos habitantes inscreveram seus nomes, fizeram riscos ou imprimiram as mãos nas paredes secretas, deixando traços de sua passagem que permanecem invisíveis aos habitantes seguintes, pela escuridão impenetrável — ou como um leito que guarda as marcas do contorno de quem dormiu ali primeiro —, esse útero conservava os vestígios. Thalia o observou de dentro, sucedendo a Fabrício e, portanto, conhecendo-o de um modo que nem Diana alcançaria.

Um copo que se despedaçou no chão, na sequência de um trejeito estouvado de Lioná, fez com que Thalia retornasse do passeio mental. Depois daquela tarde as decisões relacionadas à peça correram rápido, os ensaios começaram e não houve mais dissidências quanto às propostas de Valério. *Urupês* amargou sua derrota: com bilheteria ínfima, o grupo arrastou uma dívida referente ao figurino e ao cenário, e durante o ano inteiro nenhum convite para temporadas surgiu, nem houve aprovações nos vários editais de que participaram. A Palavra Cênica se dissolveu após a última noite de espetáculo, quando Valério esmurrou Sabino. Em seguida, o ex-diretor, magoado com o que considerou um complô contra ele e sua estética, desapareceu.

Deixou de contatar inclusive Thalia, retirada da condição de namorada para se uniformizar num elenco ingrato. Ele provavelmente esperava alguma visita-surpresa, momento em que abriria a porta para uma Thalia indignada após semanas de silêncio, uma Thalia com o rosto inflamado de raiva por seu desprezo, que tinha chegado ali apenas para dizer o quanto ele era um cretino — mas que em poucos minutos deixaria de lutar dentro do seu abraço firme, pararia de se debater entre lágrimas, beijos e mordidas, passando à frequência intensa do desejo, que era afinal o que ambos queriam, estava claro desde o começo.

Mas Valério esperou em vão. Thalia, às voltas com os compromissos de emprego, pensou duas ou três vezes no que poderia ter acontecido com ele, que não dava notícias, mas não se preocupou efetivamente, muito menos se enraiveceu com o seu desaparecimento. Partia do princípio de que, se ele quisesse conversar, nada o impedia — e ela não sentia nenhuma vontade particular de esclarecer as coisas, tirar satisfações. Estava cansada de dramas fora do palco, sobretudo daqueles que se baseavam em exigências, cobranças, chantagens. Vivera durante muito tempo mergulhada nos lances de telenovela que se passavam em sua própria casa, como reprises malfeitas de comportamentos padronizados — e agora que fermentavam os planos de morar sozinha, longe dos tentáculos familiares, começava a cair a casca de todos os trejeitos com que Diana, principalmente, atuava.

Thalia achava curioso que, em roteiros de filmes e peças, as pessoas sempre agiam em nome de uma obsessão ou um trauma, e aí de repente passavam a confessar um raciocínio doentio, para justificar seus crimes. Na prática, entretanto, por mais que tivesse crescido sob lances similares aos de um teledrama, com inquisições caseiras funcionando para averiguar durante a sua adolescência se havia chance de ela estar fazendo sexo, usando drogas ou álcool; por mais que Thalia fosse forçada a responder a respeito das desconfianças que Diana mantinha nessas áreas, e que nunca cessaram de uma vez; por mais que visse seus cadernos e roupas vasculhados em inspeções idênticas às policiais, mas feitas sem mandado — Thalia *sabia* que nada daquilo era normal ou justificável.

Comparava o método "pente-fino", no próprio linguajar de Diana, com o estilo de outras famílias, o modo ligeiro com que diversas mães pareciam se interessar pela vida dos filhos. Se contestava o abusivo rastreio de suas posses, as gavetas remexidas ou os diários lidos, além da absoluta necessidade de Diana saber nome e telefone dos principais amigos de Thalia e Salete, ouvia em resposta que aquilo era amor. O amor não admitia negligência. E um dia as filhas iriam perceber — Diana profetizava — o quanto eram felizes sob a proteção materna. Então restaria a culpa, a vergonha por não terem dito *tudo* na época, não terem facilitado os cuidados que uma mãe dedicava à cria.

Na vida real, Thalia ponderava, as pessoas escondem crimes para sempre e chegam inclusive a esquecê-los, vivendo em paz. Ninguém exige que você se arrependa, confesse, peça desculpas — e claro que não poderiam exigir remorso sincero. Existe uma cartilha da culpa, mas há inúmeros reprovados nessa matéria, e não resta nada a fazer. Desprezar impulsos de responsabilidade social, compromissos generosos ou solidários não afeta ninguém de maneira direta, nem gera castigo para essa pessoa. As punições — e, mesmo assim, em raros casos — só atingem os criminosos agressores, nunca os egoístas displicentes. Portanto, isolar-se na própria bolha, restringir-se à escala individual, não traz nenhuma consequência além do afã dos instrutores de culpa, que persistirão tentando incutir suas regras. Mas depois de uma certa idade, Thalia concluiu, a pessoa deixa de acreditar no bicho-papão e descobre que pode dormir impunemente, a hora que quiser.

11.

Os monstros talvez não viessem assombrá-la nos sonhos, mas nem por isso Thalia escapou dos fantasmas. Ela recebeu um telefonema de Valério, que ressurgia das sombras de seu sumiço magoado, no final de 1999. Então lhe pareceu boa ideia retornar ao teatro, dar uma nova chance à arte, ainda mais porque o milênio à vista trazia sentimentos de reconstrução. Aceitou participar da reunião que ele convocara para discutirem a possível volta da Palavra Cênica — e, ao se abraçarem no galpão onde Lioná continuava morando na companhia de Révia, chegou a se emocionar com o reencontro.

O espaço tinha sofrido uma mudança: estava muito mais amplo, com a partida das outras três residentes, e parecia mais úmido. Chico também desaparecera, levado embora por Auana, e no seu lugar um gato amarelo, sorrateiro, movimentava-se como uma furtiva emanação de luz. Ocasionalmente Douglas morava ali, quando o relacionamento com seu namorado caía num dos abismos que envolviam traições, antidepressivos e álcool. Aquele devia ser um desses momentos, porque Thalia reparou que Douglas chegava para a reunião descalço, vindo de um dos quartos, onde provavelmente estivera dormindo.

Quase sentiu ternura por seu rosto amarfanhado, com marcas de lençol como cicatrizes rosadas, riscos que iam sumindo à medida que os minutos transcorriam e ele tomava xícaras de café, duas, três, antes de falar. Lembrou-se de seu papel como o seu duplo na adaptação do livro de Sá-Carneiro, quando ele fez Lúcio e ela, Marta. Durante a temporada, ele enfrentou as piores dificuldades, chegou a atuar com pneumonia e, desnorteado pela febre, caiu no fosso do teatro. Teve de se apresentar rouco e com o rosto inchado — o que, de acordo com todos os colegas, foi o máximo, porque combinava à perfeição com o personagem. Quando já estava ficando bom das mazelas, comeu um yakisoba de camarão pouco antes de chegar para o espetáculo. Precisou fazer um esforço incrível para não sujar o figurino, em meio aos acessos de vômito no banheiro do teatro. Valério disse que iam cancelar a noite, mas Douglas recusou. Continuou vomitando até minutos antes de começarem a peça; quando enfim saiu do banheiro, correu para uns retoques na maquiagem derretida, enfiou dois Halls na boca para disfarçar o hálito, em seguida os cuspiu e entrou no palco.

O novato na reunião era João Vidal, que substituía Sabino. Nascido em São Paulo, onde havia morado até os vinte e cinco anos, era o mais experiente do grupo. Contando com o período de mais de uma década atuando n'Os Vândalos, Thalia calculava que ele devia andar pelos quarenta — embora nada no seu tipo franzino ou no temperamento indicasse excessiva maturidade. Era sério e responsável, sim, e agia como um verdadeiro profissional: transformava-se num metódico obsessivo, repassando as mínimas entonações do texto, ou repetindo marcas de cena exaustivas — mas, fora do ofício, parecia um menino que adorava contar, às gargalhadas, episódios do seu *passado infame*, conforme dizia.

"Estar em São Paulo não garante glamour", ele frisou logo na primeira noite, quando saíram para um barzinho após a reunião de retomada. Detalhou casos pérfidos no audiovisual, citou nomes consagrados, fez a caveira de vários. No cinema, os figurantes valiam menos que um pano sujo — eram desprezados pelos astros e pelo resto da equipe. "Esse é o último take! Se não acertar, vai ficar sem almoço!", costumava gritar uma assistente de produção. Ele tinha que chegar bem cedo no set e aceitar, tranquilo, ter a maquiagem interrompida quando a atriz do elenco principal surgia — e João Vidal ficava num canto, esperando. Além disso, as marmitas que os figurantes recebiam eram idênticas às dos operários, mas as estrelas do filme ganhavam sushi, frutas, taças de prosecco...

Nem tudo era degradante, porém, e os momentos mais delicados aconteciam fora do circuito das artes. Atores costumavam ser contratados para recitais, dentro da programação paralela de alguns institutos — e durante meses João Vidal dividiu com uma companheira leituras dramáticas no Consulado Britânico, nos sábados à tarde. Iam de duas a dez pessoas, mas o evento sempre acontecia porque pelo menos um casal de velhinhos estava lá; durante a leitura eles cochilavam, mediam a pressão, bordavam ou faziam palavras cruzadas, como se estivessem ouvindo uma radionovela. Então uma vez eles faltaram, e na semana seguinte apenas a velhinha foi, com uma aliança extra no dedo.

"Oh", Thalia e Révia lamentaram — mas João Vidal não lhes deu tempo de entristecer. Agora falava das muitas ocasiões em que mentiu nas fichas das agências quanto às suas habilidades. Colocava que sabia dirigir moto e era craque em todos os tipos de dança — porque havia o cachê-teste, que podia salvar a semana. Então, não lhe importava passar vergonha diante de uma equipe, pessoas que o fitavam com olhos miúdos de desprezo ao constatar que ele havia mentido. O mais importante era conseguir dinheiro para as refeições.

Révia e Lioná se identificaram com aquela verdade: comentaram rapidamente sobre os bicos ou subempregos que aceitavam por força de necessidade. Lioná trabalhava, naquele momento, como vendedora de lentes de contato coloridas numa loja de shopping — e ainda se considerava sortuda, se comparasse sua situação com a de Révia, que não tinha nada fixo e só conseguia uns trocados oferecendo degustação de *shake diet* em academias ou salões de beleza (roubava uns dois sachês para garantir o jantar, mas já não suportava mais, disse, dando um gole profundo na xícara de café).

Douglas também passou a se queixar, mencionando a humilhante ajuda financeira de sua tia, que sempre acrescentava às doações uma série de conselhos, tão exasperantes quanto bem-intencionados, acerca da vida que passava e, com ela, as melhores chances de se alcançar a *dignidade*, falou, com lágrimas a ponto de escorrer. Quando em seguida elevou a voz, fazendo rodar entre os dedos um copo, "Por acaso nós não somos dignos?", Valério o interrompeu. Thalia suspirou de alívio. Sabia que, sem a intervenção, seriam arrastados para um discurso em que somente ela e Valério ficariam sobrando, constrangidos por serem os únicos a ter empregos com carteira assinada, salário estável. Mesmo João Vidal, que não mostrava qualquer pendor vitimista e era, inclusive, o melhor exemplo de um ator próspero, caía no mar de incertezas monetárias do qual apenas Thalia e Valério escapavam.

"*Dr. Jivago* vai ser nosso auge!", o diretor exclamou, em tom de promessa. Os demais aplaudiram, como se a frase exigisse a resposta instantânea do aplauso, um gesto supersticioso que não podiam abandonar. E Valério continuou, agarrado à palavra feito um líder motivacional. Thalia tornava a observar os outros membros do grupo, a mudança em suas fisionomias ao longo daqueles anos. Lembrou-se de Sabino, cujo paradeiro ninguém mencionava: apesar do constante pavio aceso, da exasperação que o punha briguento, intratável, houve bons momentos. Thalia reprimiu um sorriso ao recordar como ele saiu rolando, bêbado, pelas escadarias de Guaramiranga, ao receber um prêmio: o troféu do júri popular para melhor ator por seu papel como protagonista em *O Leopardo*. Depois, sua mente condensou num resumo superficial toda a fase seguinte, com o fracasso de *Urupês* e o hiato em que mergulharam, Thalia informada esporadicamente de alguns episódios, entre humilhantes e divertidos, a respeito da vida de Lioná, Douglas e Révia. De Valério ficou sabendo muito pouco, talvez porque fosse necessário um silêncio maior, capaz de marcar a fronteira profunda da sua separação, amorosa e profissional em simultâneo. Mas, quando fixou de novo a atenção nele e o viu falando sobre o livro de Pasternak, Thalia reconheceu no seu tom o melhor do talento que Valério esbanjou nas primeiras dramaturgias, o mecanismo complexo com que regia as cenas, dirigindo cada aspecto como se controlasse os eixos de um tear ramificado para inúmeros lados, rimando detalhes que alguém poderia achar ínfimos, mas depois se revelavam exatos para que a peça acontecesse da forma como deveria: simplesmente perfeita.

A temporada seria de grande exigência, um ritmo frenético para conciliar o trabalho nas escolas com os ensaios do espetáculo, e, de quebra, havia a decisão que Thalia tomara, de morar sozinha num pequeno apartamento alugado. A fase de adaptação foi bastante difícil, mas ela afinal aprendeu a se desdobrar nos múltiplos afazeres: apenas se concentrava em cada um, ignorando os demais enquanto estivesse envolvida com a tarefa da vez. Ao terminá-la, conferia a agenda e passava para o próximo item. Relaxava de fato apenas quando estava tomando banho ou dormindo — mas não podia dizer que vivesse estressada, no limite das próprias forças.

Como sabia que a rotina era incontornável, acostumou-se a não dramatizá-la; gastava o mínimo de esforço necessário em cada atividade, economizava energia até com os pensamentos. Para que se queixar ou se ocupar com coisas inúteis, que escapavam do controle? Irritava-se, claro, com congestionamentos no trânsito ou com a espera inútil sempre que precisava pedir uma informação por telefone — em qualquer empresa, qualquer serviço que fosse, ninguém lhe respondia sem antes consultar outro funcionário, buscar um ramal, perguntar novamente qual o assunto e, depois de ouvi-lo com detalhes, dizer que não era a pessoa mais apta para resolver —, mas tentava aproveitar as ocasiões também para praticar um pouco de teatro. Interpretava o papel da mulher mais calma que existia. A inabalável. A Miss Paciência, que insistia com monotonia mecânica, rumo aos seus objetivos. Entrar nessa personagem fazia com que suportasse os empecilhos medíocres que atravancam a vida — e, como Miss Paciência, perseverava em vencer as miudezas porque sabia que elas eram exatamente aquilo: sujeiras incômodas, feiuras que ela devia varrer para longe, mas nunca, jamais, teriam o poder de sufocá-la ou deixá-la grudada de horror. Porque ela não permitia.

Pouco antes da estreia, quando Thalia aproveitava cada mínimo intervalo para repassar as falas da personagem Lara, percebeu que seria melhor voltar a dormir em sua velha casa, pelo menos durante mais duas ou três semanas. Precisava que a peça se integrasse ao cotidiano, virasse um componente excitante, sim, mas de certo modo previsível. Psicologicamente falando, ela não daria conta de enfrentar tantas novidades juntas. O seu retorno como atriz, somado ao novo apartamento, que representava uma ruptura com cheiros, sons, toda uma atmosfera habitual, ligou um alerta de excesso.

Thalia queria manter uma zona de conforto. Já vinha enfrentando exaustões com o contrato de aluguel, as vistorias e os montes de burocratas que conheceu, homens de camisa de botão por dentro da calça apertada por um cinto, corretores imobiliários, atendentes ou funcionários da companhia de água, e depois síndicos, eletricistas, porteiros, vizinhos com quem precisava dar uma palavra por um motivo ou outro, sempre adotando fórmulas neutras para se comunicar, essa educação plastificada que oscila entre o tom automático da civilidade e uma frieza psicopata.

Aquelas pessoas não pareciam pessoas *de fato*, para ela. Estavam somente preenchendo uma função, ocupando um lugar — e Thalia seria incapaz de reter algo particular de suas feições, um timbre especial, uma pista de que viviam, não eram bonecos, por mais que o uniforme ou os trejeitos apontassem o contrário. Ela própria sabia que não era muito humana para os demais: entrava num papel — Miss Paciência, Vizinha, Cliente — e se tornava opaca. O mesmo tipo de efeito de uma massa genérica de multidões, uma plateia mergulhada no escuro. Só quando as luzes se acendem e a peça acaba, o público volta a ser gente, os indivíduos recuperam a subjetividade.

Foi, portanto, graças à necessidade de uma âncora emocional — no seu caso, fincada na casa familiar — que Thalia programou dormir no quarto vizinho ao de Salete, logo após a estreia. Sabia que a irmã não iria ao teatro naquela noite, por causa da saída marcada com um tal de Miqueias, ortopedista que Salete conhecera quando ele apareceu na clínica para se informar e, posteriormente, recomendar o método a alguns pacientes. Após insistentes telefonemas, ele começara a romper o padrão esquivo de Salete, talvez porque trabalhassem na mesma área e fosse difícil evitá-lo — mas ela pareceu satisfeita ao mencionar o jantar com ele. Thalia ficara um tantinho decepcionada com o fato de Salete também perder a estreia (Diana tinha o aniversário de Miriam na loja; impossível faltar), mas pensou que haveria datas extras para o teatro: o dr. Miqueias devia ter prioridade.

Salete já estava em casa, usando um vestidinho simples, quando Thalia abriu a porta, lá pelas dez. Ela teria ficado fora até meia-noite, nos prolongamentos comemorativos junto com o elenco — se não fosse o vexame do seu erro, o momento em que paralisou, sem palavras para devolver ao colega de cena. Douglas consertou a situação com um improviso, mas ela ainda não havia se recuperado do assombro. Vira um fantasma projetado num canto da cortina, um rosto tão familiar que parecia um reflexo do seu, mas ao mesmo tempo surgia quebradiço, como uma superfície rachada, prestes a desmoronar.

Mal a peça terminou, Thalia quis correr, escapar de conversas, perguntas ou cumprimentos. Estava certa de que aquela imagem era o irmão, e vinha disposta a revelar o espanto que sentiu — mas, quando baixou os olhos e viu o sangue nas pernas de Salete, a urgência anulou qualquer outro assunto. Levou a irmã para o hospital, e da sala de espera, enquanto Salete passava por um procedimento rápido mas humilhante, como disse depois, Thalia tentava a cada dois minutos localizar Diana pelo telefone. Quando finalmente a mãe atendeu, acabava de abrir a porta de casa, assustada por não encontrar as filhas, sobretudo Salete, que nunca saía à noite. Ouviu as frases telegráficas que Thalia disse, com o nome do hospital repetido ao menos três vezes para que Diana o registrasse, enquanto seu cérebro injetava uma descarga de adrenalina que fazia o corpo inteiro gelar.

Ela chegou minutos depois, numa crise de tremedeira provocada pelo risco que correu no trânsito, furando semáforos e dirigindo na contramão para chegar mais rápido, tão rápido quanto uma ambulância, disse Thalia, mas com a diferença de que ninguém sabia da sua sirene pessoal, o perigo que ela podia representar naquele estado. "Deu tudo certo!", Diana interrompeu, querendo com isso calar Thalia, represar as críticas da filha — mas também queria afirmar o bom estado de Salete, porque não ousava fazer uma pergunta, duvidosa demais para ela. Thalia entendeu aquela mistura estratégica e começou a balançar a cabeça. Sim. A irmã estava descansando, poderiam vê-la em seguida.

A médica mencionou a sutura, "uns pontinhos" necessários para reconstituir o períneo, rasgado à força de tantas estocadas. Sugeriu que Salete fosse à delegacia informar o estupro e saiu do quarto deixando Diana e Thalia se atropelarem na insistência, cada qual de um lado da maca, reforçando que o crime não podia ficar impune. Quando as duas começaram a se calar, Salete, com expressão exausta, disse que tinha havido consentimento, ela pedira que Miqueias fizesse com força.

Thalia nesse momento se retirou, inventando que ia buscar um café na máquina de bebidas. Na verdade, precisava de distância para não estapear a irmã, agredi-la pela raiva difusa que lhe vinha, chegava até a garganta. De passagem, trancou-se num banheiro do corredor e tirou o papel higiênico do suporte, para mordê-lo. Cravou bem os dentes no rolo, enquanto as lágrimas desciam. O choro seguia o seu curso independente, como se fosse uma simples necessidade orgânica, e não emocional. Thalia se distraía com a própria postura, de pé, as duas mãos segurando a mordaça macia que vez ou outra se soltava, quando um soluço a forçava a abrir a boca.

Ao mesmo tempo, Diana persuadia Salete a contar detalhes, assumindo um ar falsamente tranquilo para arrancar da filha todas as informações que podia sobre o tal Miqueias. Thalia repunha de volta no suporte o papel higiênico com as marcas de mordida, e a poucos metros dali, no quarto, sua mãe virava de costas para anotar, na parte interna da própria blusa (não achou nenhum papel dentro da bolsa e agarrou a solução mais imediata), o nome completo do estuprador e a clínica onde trabalhava. A caneta porosa manchou algumas letras, que se espalharam, desabrochando pelo tecido. Diana esperou um segundo para que secassem, e estava enfiando a barra da blusa por dentro da calça quando a médica retornou, avisando que ia liberar a saída.

Os dados ainda eram legíveis, Diana conferiu ao se despir, em casa — e teve a impressão dc que, se não passassem de borrões, mesmo assim lembraria. O gesto de anotar era uma simples âncora, um recurso tranquilizador. Ela sabia que por toda a vida seria capaz de recitar o nome completo de Miqueias, o endereço e os horários de seu trabalho, e depois, quando lá esteve, não precisou copiar nada para reter a exata localização da sala, a cor dos azulejos, o rosto quadrado, barbeadíssimo e autoconfiante do ortopedista, que a recebeu sem desconfiar. E como poderia? Diana marcou uma consulta sob outro nome, pagou em dinheiro e disse à recepcionista ter esquecido a identidade em casa, mas estava com uma tremenda dor no joelho após uma queda, *precisava* que o doutor a examinasse, disse, exagerando na posição dolorosa e alteando um pouco a voz, como quem promete escândalo numa sala cheia de engessados, pessoas com bengalas, braços em tipoias, o olhar triste e lento dos que atravessam uma recuperação óssea.

Não demorou nem dois minutos a sua presença dentro do consultório. Os que viram Diana entrar, capengando sob o falso pretexto e, quase imediatamente depois, saindo com um andar enérgico, elegante e veloz a um só tempo, ficaram espantados com o milagre. Apenas a recepcionista desconfiou de alguma coisa, por jamais ter visto um caso parecido — e também, sobretudo, por ter sido impedida de encaminhar o próximo paciente, quando interfonou para o dr. Miqueias e ele, com voz trêmula, mandou que ela "esperasse um tempo" antes de desligar na sua cara.

Ninguém ficou sabendo o que aconteceu — Diana jamais contou o tipo de ameaça ou intimidação que utilizou contra o médico. Apenas comentou com a filha que o assunto estava resolvido. Salete ouviu a mãe sem curiosidade e com expressão distante, e talvez tenha sido o seu jeito passivo que inspirou o que viria depois. Diana forçou Salete a abandonar o emprego. De repente começou a embaralhar hipóteses aterrorizantes de vingança, com o tal Miqueias sequestrando Salete na entrada ou na saída da clínica, levando a filha para um cativeiro onde a submeteria a sevícias — e quem poderia confiar que Salete levantaria um dedo para se defender? O cristal, tão frágil, estava disposto a ser esmigalhado. Diana dizia a Thalia: "Se fosse com você, pelo menos, eu tinha certeza de que você ia morder o cretino, lutar ao máximo…". Mas Salete, não. Ela precisava *ser protegida*.

Enquanto a irmã recebia a sentença de demissão irrevogável, e no dia em que — chorosa, mas sendo obrigada a esconder isso dos colegas na clínica — Salete se despediu com a mentira preparada pela mãe (ia morar em São Paulo com uns tios), Thalia pensou muito naquele *se fosse com você*. Diana, de certo modo, também a alertava. Não somente reconhecia a sua natureza de rocha, vantajosa para enfrentar a vida, como costumava ressaltar, mas deixava implícito que, se algum dia Thalia enfraquecesse, iria exercer sobre ela igual poder. Na decisão que empurrou sobre Salete, multiplicavam-se frases otimistas, ressaltando como a filha encontraria outro emprego, e inclusive bem melhor, não importavam os cinco anos na clínica de pilates. Ela queria se aposentar num único serviço? Precisava aproveitar a juventude, trabalhar em vários espaços, conhecer mais gente: tudo potencialmente próspero — mas a verdade (que Thalia já pressentia) era que Salete nunca voltaria a trabalhar.

A irmã tornou-se uma medrosa invencível. Enxergou as expectativas futuras, quanto a empregos e relacionamentos, na forma de repetições daquele episódio. E a cada vez, escapando de novas violências físicas, sofreria o abuso do abandono — de ser forçada a abandonar — o que tinha construído. Os laços desfeitos, à base de pretextos como a fictícia mudança para São Paulo, trariam apenas mais chances de humilhá-la, porque foi a humilhação que se instalou nela, na vermelhidão em suas faces e pescoço, quando, três meses após se demitir, encontrou Helen por acaso, no shopping. A dona da clínica a surpreendeu: "Você ainda está por aqui?", e não sossegou com respostas evasivas. Segurava o seu braço, pedindo que Salete dissesse qual tinha sido o problema, alguma chateação com um paciente, problemas com a saúde, com o salário... Ela podia retornar, sabia disso? Podiam chegar a um acordo, Helen continuou falando, e Salete sentia lágrimas que se empoçavam, o nariz inflamado. No último segundo, pegou no ar uma possibilidade qualquer, e disse ter um problema de saúde. Lamentava muito, mas precisava se tratar — e, como se o processo de cura estivesse iminente numa parte remota do shopping, afastou-se às pressas.

Ela não queria mais arriscar. Um leve estado deprimido, conformado à vidinha estreita que levava, era preferível às agonias de uma nova decepção. Diana aceitou o ritmo parasita da filha, que passou a acompanhá-la à loja quase todos os dias. Deixava que Salete gastasse horas inúteis folheando revistas no minidepósito, sentada entre pilhas de embalagens e caixas aveludadas, e até estimulou uma pequena brincadeira de desfile, para que ela estreasse as mais belas peças diante de algumas clientes fiéis.

Salete saía do minidepósito usando pedras preciosas, pérolas, escapulários e alianças, posicionava-se como uma estátua oferecendo o pulso onde brilhavam pulseiras, ou erguendo a garganta para que as correntes se evidenciassem no colo — e, se no início as clientes aplaudiam a novidade com uma espécie de frenesi constrangido, depois já ignoravam a existência de Salete, olhando para o seu corpo como se ele fosse um mero cabide. Escolhiam uma peça, apontando ou retirando diretamente dos dedos ou das orelhas de Salete, e em algum momento Diana dizia "Pode ir, minha filha". Era o comando para que o robô voltasse ao esconderijo.

Mas a brincadeira se desfez quando Miriam, sócia na loja, também quis aproveitar o artifício. Salete concordou, não viu problema em repetir os desfiles quando a mãe se ausentava. E se exibiu usando as joias de uma recente coleção, os conjuntos com design francês que nenhum outro local revendia — sem que Miriam atentasse para o público que apreciava a modelo. As duas vendedoras, enciumadas com o fato de que a filha da dona acionasse os privilégios de desejo, com joias realçadas sobre sua silhueta esguia ou despontando no penteado, fizeram a denúncia na primeira oportunidade: "Dona Miriam faz Salete desfilar para os homens".

Diana telefonou com fúria para a sócia. Estava pensando que sua filha era o quê? Ela só desfilava para clientes mulheres, não admitia outro tipo de cobiça ali, só interessavam as joias, disse, e talvez tenha lhe passado pela cabeça que não havia garantia de que as mulheres também não espiassem Salete com luxúria. As velhas senhoras que passaram a enxergá-la como um manequim podiam estar isentas, mas sempre havia a chance de que uma mulher mais jovem, que admirava Salete a dar voltinhas sobre os saltos, quisesse mais tarde contatá-la... Diana se lembrou, num relâmpago, da figura de Marjorie, a ex-colega de universidade que costumava raptar sua filha para passeios nunca esclarecidos. Decidiu, naquele instante, que os desfiles ficavam proibidos. Voltariam a apresentar as joias nas bandejas e mostradores, como fazia qualquer loja normal.

Salete não pareceu se afetar pela decisão. Voltou ao mini-depósito, às suas leituras inférteis, ocasionalmente interrompidas quando Thalia aparecia para que, juntas, fossem ao cinema ou dessem um giro pelo shopping. O seu temperamento cada vez mais desbotado reforçava em Diana as frases comparativas com que gostava de classificar as filhas, dizendo que uma havia "puxado à fulana" ou "era idêntica à beltrana", como se o uso de etiquetas pudesse gerar tranquilidade. O catálogo só resgatava modelos do lado paterno das filhas, talvez porque inconscientemente Diana percebesse como era pobre de referências em sua própria família. Havia diversos tios, primos, mas todos figuras distantes, de pouca influência — e quanto à sua avó, a culta e elegante Noêmia, em geral Diana preferia comparar a si mesma com ela. O pai, Alfredo, podia ser resgatado como um exemplo de homem metódico e trabalhador, mas da sua mãe, Paulina, ela não tinha quase nenhuma lembrança além das fotos.

Portanto, recaía sobre o outro galho genealógico a lista de similaridades para rotular as meninas. Iago, por seu gosto esportivo, surgia como a fonte profissional de Salete. Ela havia buscado a fisioterapia porque o pai fora instrutor de educação física, nada mais lógico. O trabalho de Iago em escolas também determinara a escolha de Thalia por se tornar professora, parecia evidente, mas agora Diana evitava os assuntos empregatícios, investia em questões gerais, menos problemáticas e sensíveis após a demissão de Salete. Os modos calmos da filha faziam com que lembrasse Jacinta, a única irmã de Iago que citava, porque Jamile era detestada, e Ivone — tremia ao pensar na ex-freira levando uma vida marital com a jovem Fátima — *precisava* ser esquecida, para não inspirar um modelo indesejado.

Mas Jacinta era uma virtude, dizia. Criatura que nunca fez

mal a ninguém, quase uma santa! E tinha o mesmo jeitinho de Salete, a forma lenta de andar, a voz baixa... Thalia sentia um impulso de contrariar a mãe, quando a ouvia listando aquelas monótonas características. Diana nunca presenciara Salete cantar no seu melhor desempenho, com voz aguda, sim, talvez um pouco débil, mas uma voz de cantora liberta com que encarnou, anos antes, réplicas de videoclipes no corredor de casa, disfarçando-se de maneira versátil com roupas, adereços que Jacinta jamais usaria, e dançando na forma explosiva que ainda devia guardar dentro de si — porque Salete não era uma velha, estava longe de ser vagarosa como a tia. Em sua rotina de tédio, indo para o expediente no cartório onde trabalhava, ou assistindo às missas, visitando vizinhas em longas conversas, Jacinta podia fazer almofadas com recheio de cabelos como um tipo de desvio artístico, mas não era comparável a Salete, que tinha, ou *deveria ter*, uma vitalidade bem maior.

Diana cortava os protestos de Thalia: "Você puxou ao Iago essa mania de ser do contra", sentenciava. "Nada está bom pra você, nenhuma opinião presta ou é válida", dizia, percebendo que Thalia se calava com raiva, presa ao artifício retórico — porque, se desmentisse a afirmação sobre o pai, estaria somente reforçando a intransigência herdada. Diana sorria, satisfeita por ter a palavra decisiva, mas então Thalia passou a procurar atalhos, formas de desestabilizar a conversa. A única maneira seria reverter o processo pela direção oposta, ou seja, sair da mesquinhez comparativa para uma expansão que desse conta do gigantesco aspecto envolvido, quando se tratava de comparar uma pessoa aos familiares.

A matemática ajudou. Na escola, enquanto observava no horário do intervalo Natanael, seu colega professor de aritmética, auxiliar um aluno com problemas de multiplicação, Thalia teve uma ideia. Depois, apresentou sua própria lista a Diana, como se fosse uma descoberta casual: "Olha só que interessante. Para uma pessoa nascer, precisa de um pai e de uma mãe, e também de quatro avós, oito bisavós, dezesseis trisavós, trinta e dois tetravós, sessenta e quatro pentavós...", e nessa altura Diana a cortou, dizendo que todo mundo sabia multiplicar, mas Thalia prosseguiu lendo os números que anotara: "Cento e vinte e oito hexavós, 256 heptavós, 512 oitavós, 1024 eneavós, 2048 decavós". "Sim? E daí?", devolveu Diana, com expressão severa. "Em onze gerações, serão 4094 pessoas envolvidas, ao longo de aproximadamente três séculos", disse Thalia, olhando a mãe com certa malícia, criando um suspense antes de concluir: "É muita gente pra nos influenciar, né?".

Diana se calou, furiosa porque desmascaravam sua pobreza de raciocínio. Mas Salete, a principal peça na engrenagem que motivava Thalia ao combate, nem percebeu a mudança. Tanto fazia se mãe e irmã discutiam sua genética ou a composição de seu temperamento, se decidiam interpretar seu ânimo de um modo ou de outro, ou se simplesmente a esqueciam e deixavam em paz. Os assuntos pairavam ao seu redor, inofensivos. Era como se ela tivesse adquirido uma carapaça invisível, um escudo contra as sensibilidades — que, no seu caso, em nenhum momento se manifestava como um rosto severo ou agressivo. Pelo contrário, a serenidade invicta virou sua única forma de imposição, a fronteira passiva erguida como uma defesa, ou um buraco onde ela se encolhia.

Se Salete algum dia visitasse a comunidade do pai, talvez a recebessem com homenagens. Reconheceriam nela o dom de evitar as reações instantâneas, a habilidade com que exercia sua sabedoria transcendental. Mas Salete nunca teve planos para essa visita, e foi Thalia quem acabou retornando, três anos depois de ter visto a ecovila ainda como um projeto em construção.

Valia a pena saber qual o grau do seu desenvolvimento agora, ela pensou. Entretanto, no fundo, o seu impulso era muito mais primitivo: fugir da angústia para uma zona intermédia, um não lugar. Ali talvez esquecesse os aprisionantes laços familiares.

12.

O cordão umbilical era um laço, a primeira corrente numa série de grilhões. Thalia estudara ilustrações de gravidez em alguns livros da época escolar: em algumas, o feto se parecia com o desenho de um rim estranhamente deformado — mas, naquelas imagens que indicavam o bebê nos estágios finais de gestação, havia sem dúvida uma figura humana com membros descompactados, expandidos no desabrochar que as pessoas experimentam ao nascer, braços e pernas evidentes, cabeça delineada sobre um pescoço, dedinhos, feições óbvias num rosto.

Em toda a escala progressiva dos desenhos, o cordão aparecia — invariável como um duto responsável por inflar o boneco no ventre, à maneira de certos balões festivos: uma tripa colorida cujo formato final, depois de cheio, não pode ser previsto. A cada respiro do gás que se injeta, cada tipo de balão pode crescer num ponto inesperado, uma protuberância num canto, em outro, calombos desajeitados que se alongam, distantes da redondeza comum das bexigas. O balão especial se transforma na silhueta de um cachorro, ou então de um elefante, um pinguim.

Nada no seu estágio primeiro, de tripa emborrachada, traz pistas da sua aparência futura — e devia ser também assim com o processo de criação das pessoas, pensou Thalia.

Mas o seu cordão — que nos livros didáticos simulava de fato uma corda, um cabresto musculoso — se reduzira a um pedaço escuro e um pouco pegajoso, como um antigo selo de cera que tivessem posto a secar. Seria difícil reconhecer o material, se Diana não houvesse providenciado uma legenda, rabiscada sobre a caixinha de fósforos. O resto do cordão estava guardado ali, envolto em gaze como uma poça de sangue mumificado. Thalia o encontrou dentro da caixa de papelão com os seus documentos, um acervo de papéis e objetos recordatórios que Diana armazenara ao longo dos anos, adicionando ursos de pelúcia e bonecas quebradas a boletins e fotos, frascos de perfume, roupinhas. Thalia recebera o *tesouro*, como sua mãe dizia, pouco antes de se mudar em definitivo para o apartamento.

Somente no tédio de certa manhã ao fim da temporada de *Dr. Jivago*, quando há semanas Thalia enfrentava o silêncio da zona impessoal que é um imóvel recém-ocupado, com seu cheiro ardente de tinta, seus utensílios avulsos e desfamiliares, as coisas postas nos ambientes como convidados estranhos que não se integraram a uma festa, nesse momento, sem saber qual tarefa de organização enfrentar, ela decidiu pelo que parecia mais simples: a caixa esquecida entre pilhas de livros que ainda não haviam subido às prateleiras.

O que primeiro viu foram as fotos da mãe grávida; depois, o seu registro de nascimento — em seguida, numa espécie de curiosidade voraz, Thalia escavou os itens da caixa, abrindo caminho entre eles com fisgadas de reconhecimento. Um envelope quadrado, pequeno, descortinou para ela a mecha de cabelo pálida, uma vírgula alourada que mal quis tocar. Na parte interna do envelope, seguindo o vértice da aba que o fecha, tinham escrito: *Thalia, 3 dias de vida.*

Aquelas palavras, que estranhamente agora lhe pesavam como uma sentença, despertaram o impulso de procurar o calendário de bolso, o mesmo que há pouco revirava entre os dedos, experimentando a textura oleosa da imagem, uma flor vermelha de pétalas duras, semelhante às margaridas, mas que Thalia reconheceu como uma gérbera — a flor que um dia Salete comprou por impulso, arrastando-a para o quiosque de miudezas no estacionamento do supermercado. A irmã a escolhera pelo nome, conforme disse. Com um nome tão forte, como deixaria de querê-la?

O verso era fosco, com as miudíssimas letras e os números do ano de 1976. Thalia procurou a data, o terceiro dia após seu nascimento. Poderia seguir um curso cronológico de si mesma, com os objetos da caixa: fotos de Diana barriguda, o registro, o cordão umbilical, a mecha de cabelo, uns brinquedos favoritos, que ela entretanto esquecera, um lenço, um anel, desenhos... por que sua mãe pusera tantas coisas ali? Era como se Diana tivesse passado anos recolhendo os rastros que a filha deixava, sinalizando etapas vencidas — uma forma de exercício arqueológico, em que ela decidia quais os artefatos cabíveis para informar, num tempo futuro, sobre as fases da existência de Thalia.

Ela se perguntou se Salete teria uma caixa similar, e se Diana continuava a enchê-la. Então, por um efeito associativo, lembrou as almofadas que Jacinta recheava com cabelo. O outro lado da família também colecionava memórias — embora o próprio Iago, não. No mesmo instante em que pensa nele, ouve a música que põem para tocar no apartamento vizinho, um velho sucesso de Roberto Carlos, capaz de transportá-la imediatamente à sua infância e a uma situação muito específica: ela deitada com o pai na rede, ambos ouvindo rádio. Uma das canções preferidas, "Cama e mesa", os dois cantavam desafinados, sobretudo a parte que dizia: "o sabonete que te alisa embaixo do chuveiro" — e Thalia sempre dava risada da ideia de alguém querer se transformar num sabonete, hipótese que a levava para fábulas, reinos encantados sob feitiços. Mas ali na canção o príncipe não era um sapo, e sim um sabonete. O que poderia haver de mais engraçado?

Outra canção da época, também uma das prediletas, era cantada por Rita Lee. Quando começava o verso "no escurinho do cinema", Thalia já enchia os pulmões, pronta para cantar no máximo volume a sequência: "chupando drops de anis". A palavra tinha o efeito de um doce na boca, ela a revirava em silêncio, drops, drops, drops, fascinada com o encontro consonantal — mas sempre despertava no fim: "Que flagra! Que flagra! Que flaaagra! U-u-huuu", e dessa vez era Iago quem ria da sua animação incontida.

As músicas tocavam de maneira previsível, praticamente toda tarde, naquele ano. E se ligavam o rádio e o programa se demorava em outros artistas, o pai fingia telefonar para a estação. Não tinham telefone em casa; costumavam usar o orelhão que ficava na esquina, embora Diana sempre se queixasse de que, para falar com Noêmia, fosse preciso andar com montes de fichas telefônicas, enfiando uma atrás da outra, sem parar, enquanto durasse a chamada. Mas ali na rede, sem sair do seu posto entre almofadas e lençóis, com a filha atravessada no quadril, às vezes lhe esmagando o estômago, Iago telefonava de mentirinha. Abria uma das mãos à frente do rosto e, com o dedo indicador da outra, fingia discar números na palma. Depois colocava a mão ainda aberta sobre um ouvido, esperava e dizia: "Alô? É da rádio? Eu gostaria de fazer um pedido. Toquem aquela da Rita Lee. Ah, já vão tocar? Muito obrigado!".

Várias vezes ouviam a canção logo depois. Thalia hesitava

entre a curiosa coincidência e a possibilidade mágica, mas um tanto assustadora, de que seu pai de fato possuísse uma mão telefônica. Ele deixou que ela discasse os supostos números na sua palma, em certa ocasião — mas, quando levou a mão-fone ao ouvido, reclamou que ninguém atendia, ela devia ter discado o número errado. E houve tardes em que a ligação nem completava, ou dava sinal de ocupado — com o episódio extremo em que o atendente falou que não iam mais tocar nada, era inútil insistir, estava na hora de desligarem o rádio. Thalia, exasperada, puxou a mão para o seu próprio ouvido, querendo contestar o funcionário, mas Iago disse que o sujeito era bem grosseiro, tinha batido o telefone na sua cara.

As canções na rede e o ensino de aritmética tornaram-se os momentos particulares entre pai e filha. Mas, se a música era pura alegria, o contrário se manifestava na hora das operações matemáticas. Thalia chorava de desespero só de ver uma tabuada; não alcançava o sentido dos relacionamentos numéricos, que surgiam como fileiras absurdas, tortura incompreensível inventada para maltratar crianças. "Minha filha, se você não entende, pelo menos decore", Iago dizia. "Você vai precisar." Mas Thalia insistia com as lágrimas: "Eu não quero!", numa recusa tão dolorosa quanto a que aplicava para fugir de injeções, xaropes ou roupas apertadas. Somente uma vez manifestou interesse associado a números, e foi quando Iago comentou sobre a mística de quem nasce em ano par.

Ele reparava que todos na família haviam nascido em anos pares — e isso era bom, era de fato *fundamental*, dizia, para uma vida equilibrada: "Veja bem, estamos em 1982, um ano par. Você fez seis, um número também par. No próximo ano, 1983, você faz sete, tudo continua combinando. Mas quem nasce em ano ímpar sempre aniversaria ao contrário, entendeu?".

Thalia acompanhava o raciocínio, contando com os dedos.

Procurou uma brecha que pudesse contradizê-lo. Iago parecia ter razão. Ele só não disse que no seu aniversário de nove anos ela veria Diana largada no sofá, os olhos inchados e o rosto todo vermelho, encolhida no encosto e sem soluçar, para que as filhas pensassem que ela estava dormindo, dormindo muito, horas e horas seguidas como sempre que tinha um problema — a sua forma de escapar, ela dizia, mas não falava dos comprimidos que ajudavam nisso.

Anos pares viraram obsessão. Thalia investigava colegas, vizinhos, até mesmo bichos. Sempre perguntando pela data de nascimento, tirava conclusões astrológicas que tinham o efeito de deixá-la cada vez mais supersticiosa. Chegou a encher cadernos com interpretações codificadas, colunas de adjetivos relacionados a um tipo de mapa astral que depois não conseguiu entender.

Honesto — alegre — sagaz… "Com que idade eu escrevia essa palavra?" — Thalia perguntou-se. Num velho caderno mole, único sobrevivente de sua infância compulsivamente rabiscadora, estava o registro da época em que se apaixonara por palavras terminadas em "az". Sagaz, capaz, audaz, mordaz… Ela dizia que estava assaz triste, em vez de muito triste… E naturalmente todos riam: seus pais, Salete e também os amigos de Iago, aqueles homens atléticos que a ouviram propor sua hipótese sobre a morte de Tancredo Neves. Nenhum deles reapareceu depois que Diana e Iago se separaram — como se na verdade todos fossem produto de uma invenção elaborada pelo casal, desfeita no instante em que já não viviam juntos.

No final do caderno, Thalia chegara a um exercício de futurologia, estabelecendo verdadeiros destinos para as pessoas que nasceram sob um ou outro mapa. Suas características se ligavam a pontos num círculo meio deformado, mostrando a conjunção de estrelas favoráveis. Havia ETs interferindo (não podia esquecer outra paixão da época): pequenas naves no formato de panquecas com um semicírculo em cima foram desenhadas, disputando espaço com cometas, planetas coloridos e poeira de galáxia.

Num canto muito discreto, lá pela décima página daquela orgia de ficções astronômicas, a menina Thalia escrevera: Fabrício.

Agora, uma década e meia mais tarde, ler o nome teve o efeito de um golpe interno em sua garganta. Thalia havia elaborado um mapa inclusive para ele, o irmão que nasceria em ano ímpar, o único que iria experimentar o descompasso numérico anunciado por Iago. Olhou o desenho com a máxima atenção, mas ele permaneceu indecifrável, tão fantasioso quanto os demais. Fabrício, entretanto, estava ali, ocupando o seu lugar na família. Thalia voltou a segurar entre os dedos a pele cinzenta do seu cordão umbilical e ficou assim durante muito tempo.

Quando despertou dos pensamentos, passava da hora do almoço, mas ela não sentia fome. Experimentava apenas uma espécie de estupor, concluindo que sua existência era o resultado de um desejo substituto. Porque, caso o irmão houvesse vivido, a sua presença ao lado de Salete teria bastado para os pais. "Um casal", responderiam a quem indagasse se tinham filhos — e aquele tipo de resposta soava perfeita, o equilíbrio definitivo de um par. Iago e Diana jamais teriam passado pela terceira gravidez, e Thalia não nasceria.

A hipótese — por mais que pertencesse ao campo da especulação inútil, como qualquer alucinação, delírio ou angústia mental — não a largou. O vizinho colocou para tocar Sidney Magal, outra isca para sua infância, e Thalia decidiu que precisava sair dali. Apressadamente pegou a bolsa, calçou-se e, num impulso decidido, semelhante ao de um estado sonâmbulo, em poucos minutos se viu dentro do ônibus.

A viagem para o Eusébio durou cerca de quarenta minutos, mas ela não percebeu nada — paisagem, pessoas, solavancos do caminho, tudo foi anulado pela bolha em que Thalia se envolveu. Nem poderia dizer que estava distraída ou preocupada: o automatismo de seus gestos correspondia a um vazio mental, um tipo de espanto que lhe embotava o raciocínio, mas deixava que ela seguisse na direção correta. Quando desceu do ônibus, caminhou os quarteirões necessários, como um robô bem programado, e apenas quando se viu dentro da mata que antecedia as casas comunitárias, algo no perfume fresco das plantas teve o poder de fixá-la ao instante presente.

Thalia andou com mais lentidão. Reparou que agora havia um gongo de templo japonês pendurado perto da casa principal e, junto do poço, uma pirâmide feita com tábuas se erguia. Um cheiro de cigarro de cravo impregnou suas narinas, quando ela passou por ali; a casa de Iago ficava no terreno à esquerda, mas antes que se aproximasse dela cruzou com várias pessoas. Reconheceu Ariele e o paquistanês, que a fitaram à distância, sem cumprimentá-la. Duas adolescentes passaram levando bacias repletas de ervas, um jovem sem camisa atravessou à sua frente, arrastando uma vassoura, e algumas crianças brincavam correndo, em meio às galinhas. Ninguém veio impedi-la ou recebê-la: bastava entrar e se integrar ao espaço, anônima e idêntica a qualquer um.

Ela recordou a filosofia do autodesapego, e talvez aquilo fosse o que buscava no momento. Afinal era uma dádiva esquecer a circunstância de sua origem, os detalhes pessoais que despertavam dores ou conflitos — dissolver-se num lugar neutro em que ninguém lhe perguntaria coisa alguma, de onde veio, o que pretende, quem é. As respostas se tornavam todas iguais numa profunda escala espiritual, e ninguém buscaria as singularidades rasas, de superfície.

Perder a identidade não seria tão ruim, pensou Thalia, e uma lembrança de algo relativo ao teatro circulou por sua mente — mas naquele minuto sentiu a respiração falhar, um peso pressionando o peito. Parou, tentando recuperar o fôlego, e só então se deu conta do que via. Foi como se entendesse racionalmente a cena, atribuísse sentido à imagem que estava a poucos metros e da qual se aproximava, o quadro que ia desvendando enquanto um ruído começava a vibrar dentro de sua cabeça.

Iago abraçava de lado uma mulher. Cabelos loiros e ondulados, um pouco mais baixa do que ele, e magra. Tão magra que suas formas, dentro do short e da blusa que veste, podem ser as de um menino. Thalia nota que o braço de seu pai passa pelos dois ombros da mulher — os dois conversam, as testas coladas, os narizes quase se bicando nos perfis muito próximos, que Thalia destrói com um grito: "Pai!".

Quando se viram, ela dissipa qualquer suspeita de que a mulher fosse Grace, a jovem inglesa que o pai conhecera em viagem e talvez o tivesse reencontrado, após um périplo de investigações confusas. Apesar dos cabelos loiros, aquela figura era bastante familiar. Tinha a mesma fisionomia que se replicava, com breves pinceladas distintas, em Ivone, Jacinta e no próprio Iago. Entretanto, continuava ao mesmo tempo se parecendo com um menino, enquanto ganhava contornos que flutuavam, como um vapor quente que sobe de uma estrada.

Iago deu um passo em direção à filha, quando ela começou a oscilar. E então o ar ficou detido, numa fração de minuto. O mundo parou, tenso, e por dentro de Thalia um anestésico descongelou nas veias, para em seguida percorrer seu corpo num rastilho veloz. Ela viu na sombra das pálpebras um emaranhado rubro se desfazer, um cordame com um estranho relevo macio — e enfim desmaiou, desabando como um fantoche largado na areia.

ESTA OBRA FOI COMPOSTA PELO ESTÚDIO O.L.M./ FLAVIO PERALTA EM ELECTRA
E IMPRESSA EM OFSETE PELA GRÁFICA PAYM SOBRE PAPEL PÓLEN BOLD
DA SUZANO S.A. PARA A EDITORA SCHWARCZ EM MARÇO DE 2024